AF185426

Jess Fölster

Gott schütze die Kaiserin!

Der erste Teil der Saga

www.tredition.de

Verlag: tredition GmbH, Hamburg
ISBN: 978-3-8495-5090-5
Printed in Germany

Bibliografische Information der Deutschen Nationalbibliothek:
Die Deutsche Nationalbibliothek verzeichnet diese Publikation in der Deutschen Nationalbibliografie; detaillierte bibliografische Daten sind im Internet über http://dnb.d-nb.de abrufbar.

Diese Geschichte erzählt das Schicksal einer jungen Frau, die in ferner Zukunft, mit nur 16 Jahren an die Spitze eines absoluten Kaiserreiches aufsteigt und zur mächtigsten und am meist gefürchtetsten Person der Galaxie wird.

Binnen kürzester Zeit entwickelt sie sich vom naiven Mädchen zur resoluten Herrscherin. Dieser raschen Entwicklung musste sie sich unterwerfen, um ihr eigenes Überleben zu sichern. Ohne anfängliche Unterstützung stellt sie sich dieser Aufgabe.

Ihre Widersacher lassen nichts aus, ihr das Leben so unangenehm wie möglich zu machen, um sie schnell wieder los zu werden. Jeder von ihnen versucht, ihre anfängliche Naivität zu nutzen, denn schon lange vorher hatten alle „Spieler" ihre „Figuren" in Position gebracht und wähnten sich bei diesem unvorstellbaren Schachspiel ihres Erfolges sicher.

Es ging um nichts Geringeres, als die Macht über die gesamte Galaxie.

Dieses Buch beschreibt den Anfang ihres Aufstieges, die Lebensjahre 16 - 18. Zwei Jahre voller Unglück, Missverständnisse und Einsamkeit.

Geschichte des Kaiserreichs

Das hier beschriebene Kaiserreich entwickelte sich durch den Umstand, dass viele geschichtliche Ereignisse der Neuzeit in dieser alternativen Zeitlinie nicht stattfanden. Bis zum 1. Weltkrieg ähnelte sich die Geschichte stark, aber jener fand in dieser Zeitlinie (…) nicht statt, so dass Europa weiter herrschte. Die Lichter gingen also nicht aus.

Um 1920 war die Erde unter den Kolonialmächten aufgeteilt und kartographisch erfasst. Nach diesem Kräfte zehrenden Vorgang der Kolonialisierung kamen die westlichen Mächte, allen voran Deutschland, Großbritannien, Russland, Frankreich, Belgien, Dänemark, Italien, Niederlande, Spanien und Portugal zu der Einsicht, dass weitere Kriege und territoriale Streitigkeiten für keinen mehr erstrebenswerte Vorteile bereithielten.

Insbesondere die Finanziers dieser Unternehmungen, die einflussreichen Königshäuser, betrieben diese Politik. Die heimischen Schatzkammern waren übermäßig gut gefüllt. Territorien, Bodenschätze und reichlich Untertanen waren ebenfalls verteilt. Jede Nation begann sich in besonderer Weise zu spezialisieren und trieb so den technologischen Fortschritt voran.

Mit diesem nun weltweit betriebenen, gleichsamen Fortschritt offenbarten sich mehr und mehr die Tücken, die mit der Kolonialisierung einhergingen. Um dem Verwaltungsaufwand Herr zu werden, wurde eine für alle Kolonialmächte übergeordnete Institution ins Leben gerufen, das Amt für Koloniale Angelegenheiten, kurz: „Kolonialamt". Seine Aufgabe bestand darin, die Übersicht über die Erde zu behalten. Es war für die gesamte Verwaltung der Bewohner aller Nationen zuständig.

Die Welt insgesamt entwickelte sich mehr als prächtig. Gebiete mit wirtschaftlichen und strukturellen Defiziten wurden zügig nach westlichem Vorbild neu geformt.

Mit der Vielzahl von Erkenntnissen und Vorschlägen, die das Kolonialamt den jeweiligen Mächten unterbreitete, wuchsen auch die Befugnisse, die diesem Amt übertragen wurden. Die oberste Amtsführung merkte bei einer der üblichen Tagungen an, dass die Machtbefugnisse des Amtes nun so stark seien, dass sie der einer Zentralregierung gleichkämen. Es wurde dafür plädiert, die Kolonialmächte über die Möglichkeit einer universellen Vereinigung der Mächte nachdenken zu lassen. Dies sei ihnen ohnehin schon einmal mit der Schaffung des Kolonialamtes gelungen.

Diplomaten der einzelnen Mächte machten sich sogleich ans Werk und binnen eines Jahres wurde die Union der Staaten der Erde gegründet. Eine große demokratische Union, voller Tatendrang.

Die Union fing an, auch ihre militärischen Einheiten den neuen Gegebenheiten anzupassen. Innovative Forschungen wurden betrieben und neue Technologien entwickelt. So begann man langsam, die Erde zu verlassen und sich in die Galaxie vorzuwagen. Die Raumschiffe, die unter der Schirmherrschaft der Erdflotte entstanden, waren in erster Linie Forschungsschiffe. 24 an der Zahl, aufgeteilt in vier Flotten. Erst die letzten 4 Schiffe konnte man als wirkliche Kriegsschiffe bezeichnen. Bewaffnung spielte nur eine sekundäre Rolle und so entschied man sich, nur 2 Flotten mit je 2 Schiffen zur Verteidigung gegen eventuelle Feinde damit auszustatten.

Eine der neu entdeckten Rassen nicht menschlichen Ursprungs, die Abihsoten, entwickelten jedoch eine Feindschaft gegen die Menschen. Sie waren den Menschen technologisch und militärisch weit überlegen und kulturell höher entwickelt. Was die Menschen jedoch nicht wussten, war, dass die Abihsoten starben, sobald sie den Atem eines Menschen einatmeten. Für diese Aliens waren demnach Menschen eine Lebensgefahr.

Sie begannen, die Menschheit in ihr eigenes Territorium zurückzudrängen.

Zu jener Zeit war eine Kommunikation zwischen der Menschheit und anderen Völkern des Sonnensystems noch nicht möglich. So kam es, wie es kommen musste, und die Abihsoten zerstörten die komplette Erdflotte und töteten viele Menschen. Die Erde jedoch, ebenso wie das Sonnensystem, verschonten sie. Nach diesem Drama beschlossen die Menschen:

Das darf sich nie wiederholen!

Aus der Verantwortung heraus und nach dem Willen des Volkes, das wie die Flotte nach Vergeltung lechzte, übernahmen die Militärs die Macht, das Parlament löste sich auf und aus den Forschungsschiffen wurden Kriegsschiffe.

Das Schiff, welches als letztes Widerstand leisten konnte, war eines der neuen großen Schlachtschiffe, die „ADVENTURE". Dieses galt nun als Prototyp aller neuen Raumschiffe der militärischen Erdregierung.

Um das Volk hinter sich zu einen und sich dessen Loyalität zu sichern, setzten die Militärs das Habsburger Kaiserhaus ein, welches die Staatsführung konstitutionell übernahm. Man begann mit dem Bau einer neuen Flotte und besiedelte von nun an den Weltraum neu. Die Region, in der die Abihsoten lebten, mied man — vorerst.

100 Jahre später: Zu vielen Erfolgen und neu annektierten Planeten kamen mal mehr, mal weniger große Niederlagen hinzu. Nach der letzten größeren Niederlage ernannte sich Kaiser Konrad III zum absoluten Herrscher. Seiner Ansicht nach hatte er es satt, die Unfähigkeiten Anderer dem Volk zu erklären. Er ließ die schon damals große Flotte weiter ausbauen. Zusätzlich wurde ein 3-Klassen-Gesetz für Rassen nicht menschlichen Ursprungs ins Leben gerufen.

In diesem Gesetz wurde in drei Kategorien festgelegt, welcher Status einer Rasse zugeteilt wird: 1. darf leben, 2. darf unter Auflagen leben und 3. wird entfernt.

Die neueste technische Errungenschaft war die von der Firma STEINBERG entwickelte Vernichtungsfestung. Gigantische Waffen, zum Zerstören von Planeten bestens geeignet. Diese wurden nun in großer Zahl produziert.

Der kaiserliche Nachfolger, Konrad IV, machte dann kurzen Prozess mit den Abihsoten, welche zirka 100 Jahre zuvor den großen Schaden bei den Menschen anrichteten. Sie wurden samt Planet und befreundeter Völker vernichtet.

Das jetzt auf ca. 24 900 000 000 angewachsene Volk jubelte zufrieden wie nie, die Einnahmen stiegen und die Flotte wuchs.

Weitere 50 Jahre später errichtete man den großen Erd-Verteidigungsring, bestehend aus 3 500 der Vernichtungsfestungen um das Sonnensystem, denn so etwas wie damals durfte sich ja nie wiederholen.

Kaiser Leopold I verschärfte deshalb noch einmal das 3-Klassen-Gesetz und ließ die Flotte verdoppeln.

Das Jahr 2300:

Die Menschen unterteilten die Galaxie in vier
Quadranten: Alpha, Beta, Gamma und Delta,
wovon sie selbst Alpha, Beta, Gamma und die
Hälfte von Delta direkt besaßen und kontrol-
lierten. Es war ihr Kolonialbesitz. Lediglich die
andere Hälfte des Delta-Quadranten war noch
frei.

Viele Generationen besetzter Völker in der
Galaxie kannten nur die menschlichen Herren,
die mit gnadenloser Härte regierten.

Bei den Menschen wurde immer wieder un-
terrichtet:

„Das darf sich nie wiederholen!"

Also wurden die Flotte, sowie die Armee weiter ausgebaut.

Inzwischen hatten sie eine Stärke von 30 000
Schiffen und

8 000 Festungen.

Der offizielle Staatsname war:" Imperiales
Kaiserreich Erde".

Man hatte gelernt, dass man Befehlen der Füh-
rung ohne Wenn und Aber folgt, denn schließlich:

Das darf sich nie wiederholen!

Kapitel 1

Der Ball

Sophie, eine junge Frau von 16 Jahren, lebte in der quirligen Metropole Wien. Sie war zweifellos eine bildhübsche Frau, jedoch nicht von der Art, die sich immer und gerne in den Vordergrund drängte, eher etwas zurückhaltend, dennoch fiel ihre Schönheit auf. Besonders ihre großen, dunkelbraunen Augen und ihr leicht über schulterlanges, dunkelbraunes Haar ließen immer wieder die Blicke zu ihr schweifen. Man konnte sagen, dass sie ein artiges, aber lebenslustiges Mädchen war. Sie lebte mit ihren Eltern in einem der sehr alten Stadthäuser in der 3. Etage.

Sie ging in die 11. Klasse des Kaiser-Konrad-V.-Gymnasiums in Wien. Sophie war ein Einzelkind und in der Schule nicht die Klassenbeste, aber durchaus sehr klug. Über ihre Zukunft, ihren Berufswunsch, hatte sie sich bisher noch keine Gedanken gemacht, vielleicht Ärztin. Auf jeden Fall wollte sie aber auf der Erde bleiben und nicht in die Kolonien oder gar auf ein Raumschiff.

Die Nachbarn beschrieben Sophie immer als liebes, hilfsbereites Mädchen, es war schwer, sie nicht zu mögen. In der Schule beschrieben sie die Lehrer als fleißige Schülerin, manchmal etwas zu sehr verträumt.

Ihre Eltern waren einfache Kaufleute, Weinhändler, die einen kleinen Laden in Wien betrieben. Sie versuchten, Sophie ein sorgenfreies Leben zu ermöglichen. So kam es, dass sie Sophie zu ihrem 16. Geburtstag etwas besonders Edles schenken wollten und die Wahl fiel auf den großen Wiener Opernball. Mit großer Mühe hatten sie sich das Geld für die sehr teuren Eintrittskarten zusammen sparen können, was sie Sophie auch jeden Tag vorhielten.

Sophies Großeltern verstanden jedoch nicht, was ein einfaches Mädchen in so einer feinen Gesellschaft zu suchen habe.

Es war die Regentschaft von Kaiser Maximilian II. Er war bereits 62 Jahre alt, jedoch erst seit zehn Jahren im Amt. Sein Vater, der berühmte Kaiser Konrad IX., welcher sich in der Galaxie einen Namen durch die weitere Verschärfung der 3-Klassen-Gesetze machte, hielt bis zu seinem Tod an der Kaiserkrone fest, so dass Maximilian erst mit 52 den Thron bestieg.

Maximilian machte sich allerdings nichts aus der Politik, da er immer im Schatten seines großen Vaters gestanden hatte. Ihm war alles gleich, er hatte nicht das Gefühl, es mit dem starken Charisma seines Vaters aufnehmen zu können. Maximilian hatte eher das Gefühl, die an ihn gestellten Erwartungen nicht erfüllen zu können. Zudem dachte er, dass ihn die Militärführung nicht als seinem Vater ebenbürtig anerkannte.

Er saß tagein, tagaus vor seinem Kamin und starrte auf das Feuer, während er einen Whiskey nach dem anderen trank. Er scheute die Öffentlichkeit und lebte sehr zurückgezogen. Man sah ihn nur an seinem Geburtstag kurz auf dem Balkon. Geheiratet hatte Maximilian bisher nicht.

Aber es musste ein Thronfolger her! Der Kaiser, momentan nicht in der besten gesundheit-

lichen Verfassung, hatte nicht nur nicht geheiratet, er hatte auch keine Kinder und dieser
Punkt interessierte die Militärs. Also begann
die Suche nach einer Kaiserin, die den Militärs
die notwendige Planungssicherheit gewähr-
leistete und dem Volk einen Thronfolger
schenkte, denn ohne diesen wäre die Erbmo-
narchie in Gefahr. Die Militärs , immer getrie-
ben von dem Satz: „Das darf sich nie wiederholen!", scheuten zudem jede nur denkbare
Veränderung ihrer Privilegien, deswegen sollte die neue Frau an der Seite des alten Kaisers
auch möglichst ruhig sein.

Es wurde bereits seit geraumer Zeit nach einer
geeigneten Kandidatin Ausschau gehalten.
Man gründete sogar eigens eine Kommission,
um die neue Kaiserin zu finden.

Hauptverantwortlich beauftragt wurde hierfür
der Chefdiplomat des Kaiserreiches, Generalkommandant van Doorn, ein charmanter Anfang 40er, der für seine freundliche Art be-
kannt war. Er war zugleich der Chef der 23.
Raumflotte und Mitglied der Generalkommandantenversammlung, sozusagen dem Parlament des Reiches. Auf der Erde war er ein
bekannter Mann.

Als Generalkommandant, dem zweithöchsten Rang des Erdmilitärs, trug er die Offiziersuniform mit beiger Hose, blauer Jacke, Reitstiefeln, dunklem Rolli, Koppel, Schulterriemen, schwarzen Lederhandschuhen und kleinen goldenen Rangabzeichen am Kragen und auf dem Schulterriemen.

Van Doorn nahm seine Aufgabe sehr ernst und machte sich gleich auf die Suche, dem Reich eine neue Herrscherin zu geben.

Er besuchte eine Vielzahl gesellschaftlicher Veranstaltungen, ohne die passende Kandidatin bisher gefunden zu haben.

14. Februar

Heute war der Abend ihres Debütantinnenballes in der Wiener Oper. Extra hierfür wurde ein weißes Kleid gekauft, wie es die jahrhundertelange Tradition vorschrieb. Für Sophie eine aufregende Angelegenheit. Zum ersten Mal auf so einer Veranstaltung, mit so vielen wichtigen und bekannten Menschen.

Es war kein geringeres als das Jahr 2300. Die Silvesterparty war für Sophie schon ein unvergessliches Ereignis gewesen, schließlich bekam man nicht alle Tage eine Jahrhundertwende mit.

In feinster Robe, aufwändigen Abendkleidern, weit ausladend, und die Herren in Ausgehuniform oder Frack, schritten die Gäste unter dem Blitzlichtgewitter den roten Teppich hinauf zur Wiener Oper. Auch Sophies Eltern hatten sich für diesen Abend eine besondere Garderobe geliehen, es sollte etwas ganz Besonderes werden.

Nun schritt auch Sophie die Treppe hinauf. Sie trug ein eher schlichtes, weißes Debütantinnenkleid, mit langen weißen Handschuhen und einem Diadem in den hochgesteckten

Haaren. Das Collier glitzerte genau passend zu den kleinen Steinapplikationen auf den Handschuhen. Ihre Augen funkelten vor Freude und Anspannung. Ein prägendes Ereignis, nur alleine schon der Gang zur großen Opernhalle. Ein Symphonie Orchester spielte.

Der Tanz begann. Sophie tanzte bei der großen Eröffnung mit ihrem Freund, dem 17-jährigen George, ebenfalls aus Wien und aus ihrer Klasse. Beide waren seit längerem ein Paar. Wie alle aus ihrer Klasse freute man sich auf diesen unvergesslichen Abend, es gab Monate vorher kein anderes Thema auf dem Schulhof und mit ihren Freundinnen malte sie sich aus, wie der Opernball wohl werden würde.

Nach der gelungenen Debütantinneneröffnung folgte der Tanz für alle. Die erste Anspannung löste sich.

Ein Gerücht machte die Runde im Saal, irgendeine wichtige Person sollte heute noch kommen, ein Ehrengast. Das musste dann aber jemand ganz besonderes sein, denn Künstler, Stars und Schauspieler waren schon mehr als genug hier. Wer konnte das sein? General Williams? General Schneider? Oder gar der Kaiser? Stunden vergingen, das rauschende Fest ging weiter, niemand kam.

22:15 Uhr, tatsächlich, General Williams, der Oberbefehlshaber aller Streitkräfte, kam persönlich. Williams war einer von zwei Generälen, die die Erdmonarchie kommandierten und nur direkt dem Kaiser unterstanden. Er war ein richtiger Haudegen, schon etwas älter und in seinen Sitten immer ziemlich rau. Dass er überhaupt auf einem Ball erschien, war schon sonderbar.

Es machte sich dann doch eine gewisse Aufregung im Saal breit, schließlich bekam man den General nicht alle Tage zu Gesicht. Dementsprechend war er auch sofort umschwärmt von allen, die wichtig waren oder es zumindest von sich behaupteten.

Der Tanz ging weiter, die Stimmung blieb weiter ausgelassen. Sophie und ihr Freund tanzten und tanzten, ihnen machte dieser Abend sichtlich Spaß. Auch viele ihrer Klassenkameraden forderten Sophie zum Tanzen auf, so dass sie kaum zum Sitzen kam. Der große Star an ihrem Tisch war jedoch Jacky, ihre beste Freundin. Jacky war immer im Mittelpunkt, sie war sehr hübsch und wusste das auch. Sie spielte gerne mit den Jungs und mochte es, umworben zu werden und natürlich war Jackys Kleid auch aufwändiger als das von

Sophie. Sie war es gewohnt, immer die zweite Geige nach Jacky zu spielen.

In einer Tanzpause saßen alle an dem Tisch beieinander. Die Jungs unterhielten sich über die Militärakademie, auf die sie nach der Schule gehen wollten und welche Waffengattungen sie bevorzugten. George war sich ziemlich sicher, zur Flotte gehen zu wollen, die Diskussionen darüber waren sehr emotional. Die Mädchen langweilte das und Jacky entschwand erst einmal woanders hin. Sophie langweilte besonders das ewige Thema „ Militärakademie". Sie konnte eh mit dem ganzen Soldatentum nichts anfangen. Dann wechselten die Gesprächsthemen auch noch zur Politik, noch so ein Feld, wo sie nichts zu sagen hatte oder wollte. Also rückte sie ihren Stuhl etwas weiter nach hinten, schaute verträumt auf die Tanzfläche und überlegte, ob sie sich jetzt noch etwas zu trinken bestellen sollte oder ob ihr noch etwas anderes einfiel.

Jacky stand an der Bar und unterhielt sich mit irgendwelchen fremden Männern. Hinterher gehen oder nicht? Auf jeden Fall wollte sie den Jungs nicht mehr zuhören. Gelangweilt und in Gedanken versunken schaute sie sich ihre Handschuhe an, da warf sich ein Schatten vor ihr auf und sie schaute hoch. Vor ihr stand ein Generalkommandant in Ausgehuniform. Oh, hatte sie etwas falsch gemacht?

Den Mann kannte sie doch aus dem Politikunterricht, das war der Chefdiplomat des Reiches, Generalkommandant van Doorn. Politik interessierte sie zwar nicht, aber diese Augen blieben ihr im Gedächtnis.

Van Doorn: „Verzeihen Sie junge Dame, gestatten Sie, dass ich mich vorstelle: Generalkommandant Frederik van Doorn. Erlauben Sie mir diesen Tanz?"

Völlig verunsichert sah sie in die Runde, alle am Tisch schauten sie an, die Gespräche stockten. Jeder kannte van Doorn. Alle wussten, dass er mit General Williams hier sein musste. Ausgerechnet dieser berühmte Mann bat nun Sophie zum Tanz?

George sprang sofort auf: „Sir, es ist mir eine unaussprechliche Ehre, Sie kennen zu lernen!"

Van Doorn erwiderte: „Danke, aber bleiben Sie alle sitzen und unterhalten Sie sich weiter, fühlen Sie sich nicht durch mich gestört! Und junge Dame, erweisen Sie mir die Ehre?"

Sophie rückte ihr Diadem zurecht, stand mit einem hochrotem Kopf auf und hüstelte: „Verzeihung, ja gern!"

Die beiden gingen auf die Tanzfläche, Wiener Walzer wurde gespielt und die Tanzfläche war voll. Sie tanzten eine Runde und sagten erst einmal nichts.

Van Doorn: „Ich habe Sie hoffentlich nicht überrumpelt?!"

Sophie hatte sich etwas gefangen und schaute ein wenig von unten zu dem Mann hoch: „Doch haben Sie. Sie sind doch der berühmte Chefdiplomat?"

Van Doorn: „Schuldig! Ja, der bin ich, aber jetzt haben Sie mir etwas voraus, denn ich weiß noch nicht, wer Sie sind oder anders ausgedrückt, fehlt mir zu diesem hübschen Gesicht noch der passende Name!"

Sophie: „Oh Verzeihung, das ist unhöflich von mir, ich bin Sophie Keller, von den Kellers hier aus Wien, Weinhandel."

Van Doorn: „Ah, Weinhandel, Kellers, sagt mir allerdings nichts. Meiner Frau vielleicht, die trinkt viel Wein."

Sophie: „Ist ihre Frau mit?"

Van Doorn: „Nein, ich bin sozusagen beruflich hier."

Sophie: „Und Sie kommen extra aus der Hauptstadt hierher zu diesem Ball ohne Begleitung, auch wenn es beruflich ist? Und dann tanzen Sie noch mit mir? Oh Entschuldigung, ich rede zu viel."

Van Doorn: „Haha, nein, reden Sie nur weiter, ich finde das sehr erfrischend und charmant, es macht mir gute Laune! Nein, ich bin tatsächlich alleine hier, wie gesagt, beruflich. Genießen Sie den Ball?"

Sophie: „JAA, der ist richtig toll, es ist hier alles so groß, so viele reiche Menschen. Sowas erlebe ich sicher nur einmal im Leben. Sowas kann man sich nicht öfter leisten. Meine Eltern haben lange gespart. Sehen Sie die Frau da drüben, das Kleid was sie da trägt? Das ist sooo schön. Hier sind Kleider, die kosten bestimmt mehr, als mein Vater im Jahr verdient."

Van Doorn: „Das kann schon sein!"

Sophie: „Und die Frau dort, wie die sich auf den Schuhen und in dem Kleid bewegen kann, das könnte ich bestimmt nicht!"

Van Doorn: „Aber, aber, nun machen Sie sich mal nicht kleiner, als Sie sind! Wenn Sie mir die Bemerkung erlauben, ich finde Sie großartig und ich tanze gerne mit Ihnen. Ich hoffe, es macht Ihnen nichts aus, dass uns nun alle anstarren?!"

Sophie guckte in den Saal, tatsächlich waren alle Blicke auf die beiden gerichtet.

Ein Freund von George drehte sich zu ihm um: „Was will denn der von deiner Freundin?"

George: „Weiß ich nicht, vielleicht mag er junge Frauen!"

Beide lachten.

Sophies Eltern sahen der Szenerie argwöhnisch zu.

Van Doorn und Sophie tanzten wieder zum Platz und der Generalkommandant verabschiedete sich: „Sophie, ich bedanke mich für diesen Tanz, ich hoffe, Sie gestatten mir später noch einmal das Vergnügen?"

Sophie: „Ja natürlich! Und Danke!"

Sie setzte sich hin und fasste sich erst einmal an ihre Wangen, ihr war ganz warm. Jacky kam wieder von der Bar herüber: „Hast Du gesehen? Alle haben Dir zugeguckt! Das war echt voll peinlich!"

Sophie: „Ja." Sie lächelte verlegen.

Van Doorn ging indes in den Vorraum und holte aus seiner Tasche ein Comgerät, welches er an sein Ohr hielt: „Van Doorn hier! Ich glaube, ich habe eine gefunden. Jung, attraktiv, repräsentativ und schüchtern, genau die Kombination, die wir wollten … ja genau, auch etwas naiv, um uns nicht im Weg zu stehen … Ja, Sir!" Er steckte das Gerät wieder ein.

„Sieh an, wenn das nicht Frederik van Doorn ist, immer im Dienste des Reiches!"

Er drehte sich um und sah Gräfin du Bois: „Meine Aufwartung, Gräfin!"

Die Gräfin war die wichtigste und einflussreichste Society-Lady. Die du Bois' zählten zu den wohlhabendsten Familien des Reiches. Sie liebte immer den großen Auftritt und hatte etwas Matronenhaftes an sich, mit großer Robe und Federboa.

Du Bois: „Ich sehe Ihre Frau gar nicht?!"

Van Doorn: „Gräfin, ich freue mich auch, Sie zu sehen und wie Sie schon sagten, immer im Dienste des Reiches!"

Du Bois: „Das bedeutet dann auch, junge Dinger zu betanzen? Ist das Reich denn schon DA angekommen?"

Van Doorn reagierte kurz angebunden: „Gräfin!" und verabschiedete sich mit einem Handkuss. „Gruß daheim!"

Er ging und traf auf dem Weg General Williams, dessen Gesicht seine Laune widerspiegelte: „Van Doorn, ging das nicht etwas diskreter?!"

Van Doorn: „Sir, das wäre durchaus gegangen!"

Er ging weiter und Williams murmelte: „Ich hasse diesen Kerl!"

Van Doorn begab sich wieder zu Sophie, welche gerade alleine an einer Säule stand: „Ich darf Sie noch einmal auffordern?"

Sophie schüchtern lächelnd: „ Ja, gerne!"

Die beiden tanzten erneut einen Walzer und auch diesmal schauten alle zu.

Van Doorn: „Ich darf Ihnen meine Karte geben?! Rufen Sie mich morgen oder übermorgen an! Ich möchte Sie im Namen des Kaisers in den Palast einladen!"

Sophie: „In den Palast? Sie meinen in der Hauptstadt? In Neu Delhi? DER Palast? Ist ein Scherz oder?"

Van Doorn: „So etwas würde ich mir nie erlauben! Ja, genau DER Palast! Sie kommen also? Sagen Sie ja! Rufen Sie mich an!"

Sophie: „Aber, da darf doch keiner hin! Wieso ich? Ich kann das gar nicht glauben!"

Van Doorn: „Die Nummer steht auf der Karte, rufen Sie mich an, man wird Sie dann abholen, vertrauen Sie mir, ach ja, Ihre Eltern dürfen selbstverständlich mit!"

Sophie nahm verdutzt die Karte und die beiden tanzten den Tanz zu Ende. Sophie versuchte die ganze Zeit noch etwas zu sagen, aber sie war viel zu überrascht und brachte kein Wort mehr heraus.

Ganz anders Gräfin du Bois. Sie hatte die Eltern von Sophie ausfindig gemacht und begab sich sogleich zu ihnen: „ Das war ja klar, dass Unterprivilegierte versuchen, in unsere Kreise aufzusteigen. Da gehört schon mehr zu, als nur ein junges Gör."

Vater: „ Aber Madame, Sie vergessen sich! Wovon reden Sie?"

Du Bois: „Ja, schauen Sie doch selbst hin! Ich kann Ihnen nur sagen, so einen Pöbel werde ich nicht dulden!"

Vater: „ Jetzt werden Sie auch noch beleidigend?!"

Du Bois murmelte noch irgendetwas, bevor sie mit einer sehr abfälligen Handbewegung ging.

Auch auf Sophies Eltern flogen nun einige Blicke, was ihnen gar nicht behagte.

Kapitel 2

Die Hochzeit

Der folgende Tag. Sophie saß allein in einem Sessel im Wohnzimmer und starrte immer wieder auf die Karte. Sie war sich nicht sicher, ob sie dem Angebot dieses Offiziers folgen sollte. Aus der Küche heraus schallte der lautstarke Streit ihrer Eltern. Ihr Vater war der Meinung, Sophie sollte ruhig gehen, sich den Palast anschauen, wenn er dabei wäre, das sei ungefährlich. Sophies Mutter jedoch traute den Militärs nicht über den Weg. Sie war dagegen. Sophie jedoch tendierte dazu, hinzugehen, die Neugier war ziemlich stark in ihr. Schließlich könnte es ja passieren, dass sie den Kaiser persönlich kennen lernte und dann könnte sie etwas erzählen, alle wären neidisch. Das Comgerät ertönte, es war George. Er wusste natürlich auch darüber Bescheid und war nicht amüsiert. George war sehr konservativ erzogen und in seiner Vorstellung wäre es nur richtig, dass er der Mann im Haus ist und die Karriereleiter beim Militär aufsteigt und wenn jemand von ihnen beiden zuerst einen Blick in den Palast werfen dürfe, dann ganz klar er. In dem Telefonat machte George auch keinen Hehl daraus, dass ihm die Einladung missfiel und es doch Sophies Pflicht sei, diese abzulehnen.

Sophie war über diese Einstellung von George ziemlich erbost. Was dachte sich denn dieser eifersüchtige Typ? „Jetzt erst recht, er wird schon sehen, was er davon hat.", dachte sich Sophie. „Ich werde die Bilder vom Palast in der ganzen Schule herum reichen."

Entschlossen nahm sie sich das Comgerät und tippte die Nummer von der Karte, danach ging sie in die Küche und sagte: „Fertig machen, wir werden in 20 Minuten abgeholt!"

Mutter: „ Hättest du uns nicht fragen können?"

Sophie: „ Mama, wir fliegen in den Palast, hallo, merk mal was!!!"

Eine Stunde später landete die goldene Raumfähre des Kaiserpalastes im Schlosspark der Megaanlage in Neu Delhi.

Der Kaiserpalast. Die größte je erbaute Schlossanlage. Mehrere Kilometer lang. An allen vier Ecken befanden sich große Kuppeln, die jeweils zweimal größer waren als die Kuppel des Petersdoms. Dazwischen befanden sich kilometerlange Gänge, Räumlichkeiten und Innenhöfe mit Parks. Das Schloss selbst hatte rund herum 8 Geschosse und alles war vergoldet.

Generalkommandant van Doorn, sowie die kaiserlichen Adjutanten, Oberst Sanchez und Oberst Donkervoort, standen zum Empfang bereit, als die drei Familienangehörigen die vergoldete Raumfähre verließen, welche auf einer Landeplattform inmitten eines künstlichen Teichs gelandet war.

Über einen Marmorsteg ging es zu dem großen Wintergarteneingang inmitten des Schlosshofes. Kleine Bäche waren dort extra angelegt und an jeder der sie säumenden Ziertannen stand eine Wache, einer der legendären Leibgardisten, die man nur von Bildern her kannte, in ihren blauen Jacken, mit den schwarzen Hosen und Stiefeln.

Van Doorn: „Herzlich Willkommen im Palast Ihrer Majestät!"

Vater: „Danke, Generalkommandant, Sophie wollte das hier unbedingt alles sehen und ich ehrlich gesagt auch, wann kommt man denn schon mal hier her!"

Van Doorn: „ Das ist wohl richtig!"

Er wandte sich zu Sophies Mutter: „ Gnädige Frau, so ernst?"

Mutter: „Ich weiß noch nicht, was ich von der ganzen Sache hier halten soll, wir sind doch nur einfache Leute!"

Oberst Sanchez ergriff das Wort: „ Madame, darf ich Ihnen das erklären und alles zeigen? Monsieur, kommen Sie doch mit mir mit, hier entlang in den Wintergarten!"

Sanchez zeigte mit seinem Arm in Richtung des Wintergartens und die drei gingen dort hin.

Sophie: „Wir gehen nicht mit?"

Van Doorn: „ Nein, wir gehen in den Thronsaal."

Sophie: „Wow, in den Thronsaal."

Beide gingen durch die endlos langen und hohen Korridore durch den Palast, vorbei an Bibliotheken, Essenssälen, großen Treppenaufgängen und allerlei sonstigen Räumlichkeiten, bis sie bei dem 1,3 km langen Thronsaal ankamen, an dessen Ende sich die beiden Throne befanden.

Langsam und staunend schritt Sophie direkt hinter van Doorn über die große Saalfläche, welche von Säulen umringt war. Die Pracht war viel beeindruckender als auf den Bildern in den Schulbüchern. An jeder Säule stand einer der berühmten Kürassiere, mit ihren silbernen Brustpanzern, den Reitstiefeln, weißen Hemden, dunklen Hosen, Tropenhelmen und Säbeln. Sie waren die Elitegarde im Kaiserpalast. Sie hatte aufgehört, die Säulen zu zählen, es waren zu viele.

Endlich waren sie vor den 20 Stufen, die hinauf zum Thron führten, angekommen.

Sophie: „Ich komme mir so klein vor! Ist das alles echtes Gold?"

Van Doorn: „Ja, sicher!"

Sophie: „Wer hat denn das alles bezahlt?"

Van Doorn antwortete grinsend: „Ich denke, die eroberten Völker!"

Sophie: „Oh."

Er zeigte auf den Thron des Kaisers: „Hier wurde und wird Geschichte geschrieben und Politik gemacht."

Sophie: „Ah, Politik, mein Hassfach!"

Van Doorn: „Von diesem Stuhl aus regiert man die Galaxie!"

Sophie: „Da sitzt der Kaiser?"

Van Doorn: „Ja!"

Sophie zeigte auf den Thron daneben: „Und da würde die Kaiserin sitzen!"

van Doorn: „Richtig!"

Sophie: „Die gibt es aber nicht, wieso?

Van Doorn: „Es kam eben noch nicht die Richtige!

Es entstand eine kurze Pause.

Dann erklärte Van Doorn weiter: „Aber Sie, Sophie, Sie sollen das ändern, Sie können dort jetzt Platz nehmen! Ich möchte, dass Sie unsere neue Kaiserin werden!"

Sophie erschrak: „Ich? Aber das kann ich doch nicht!"

Van Doorn: „Warum nicht? Kommen Sie, setzen Sie sich auf den Thron! Na los, trauen Sie sich!"

Zögernd ging Sophie die Stufen hinauf und setzte sich vorsichtig auf den Thron der Kaiserin.

Sophie: „Bequem!"

Van Doorn: „Haha, ja, nicht nur das!"

Sophie: „Und was muss ich tun?"

Van Doorn: „Den Kaiser heiraten!"

Sophie: „Aber der ist alt!"

Van Doorn: „Ja, aber ich mache Ihnen das Zugeständnis, dass Sie Ihren Freund behalten dürfen, heimlich versteht sich. Wir brauchen irgendwann nur einen Thronfolger, meinen Sie, das bekommen Sie hin?"

Sophie: „Was ist mit meiner Schule, meiner Ausbildung? Wo wohne ich denn dann?

Van Doorn: „Ihre Ausbildung? Sie wären die Kaiserin des Erdimperiums, wo wollen Sie denn dann noch hin? Auf der Karriereleiter geht es nicht höher und außerdem haben wir hier viele Privatlehrer, Sie würden dann ja hier wohnen, im Palast, im Ostflügel."

Sophie: „Im Ostflügel? Wie viele Zimmer hab ich denn da?

Van Doorn: „73!"

Sophie: „73?!!"

Van Doorn: „Nageln Sie mich nicht fest, es können auch ein oder zwei mehr oder weniger sein."

Sophie: „Verdiene ich Geld?"

Van Doorn: „Sophie, ich glaube, das ist Ihnen noch nicht klar: Sie wären mit der Heirat die Frau des mächtigsten Mannes, den es überhaupt gibt, was damit einer geht, dass Sie auch über das Vermögen verfügen. Niemand weiß genau, wie hoch das ist, aber kein Mensch, was sage ich, kein Lebewesen dieser Galaxie ist auch nur halb so reich!"

Sophie: „Ich wäre also reich?"

Van Doorn: „Unermesslich!"

Sophie: „Ich fasse zusammen: ich wäre reich, berühmt und mächtig und das alles nur, wenn ich den Kaiser heirate und irgendwann von dem ein Kind bekomme?"

Van Doorn: „So kann man das ausdrücken!"

Sophie: „Meine Eltern sind bestimmt dagegen!"

Van Doorn: „Oberst Sanchez überzeugt sie gerade vom Gegenteil!"

Sophie: „Ernsthaft?"

Van Doorn: „Betrachten Sie die beiden als bereits überredet!"

Sophie: „Aber ich kleine Sophie kann doch nicht einfach so Kaiserin werden!"

Van Doorn kam ihr ein paar Stufen entgegen und schaute ihr tief in die Augen: „Ich war mir in meinem Leben noch nie so sicher, dass genau SIE das können und ich würde es mir sehr wünschen!"

Sophie fühlte sich auf der einen Seite etwas überrumpelt, aber auf der anderen Seite begriff sie diese Chance: „Hm, wo muss ich unterschreiben?"

Beide lächelten sich an. Sophie gefielen wieder diese schönen Augen und sie konnte es zudem nicht fassen, dass es ausgerechnet sie getroffen haben sollte.

Ihren Eltern jedoch machte Oberst Sanchez im Wintergarten unmissverständlich klar, dass Sophie nun dem Reich diene und sie, die Eltern, ab sofort mit ihrer Erziehung nichts mehr zu tun haben werden und dies auch besser ihrer Gesundheit zuliebe dabei belassen sollten. Ein Teil der kaiserlichen Familie zu sein musste von jetzt an genügen.

Glockengeläut in Rom. Ein riesiges Aufgebot an Leibgardisten säumte die Straßen der ganzen Stadt. Vor dem Petersdom stand eine lange Reihe Kürassiere, teilweise beritten, entlang eines roten Teppichs Spalier. Hundert tausende Schaulustige hatten sich eingefunden und jubelten, als die große goldene Kutsche mit acht schwarzen Pferden vorfuhr und vor dem roten Teppich hielt.

Die Nationalhymne ertönte. Sophie stieg mit ihrem weißen, puffärmeligen Hochzeitskleid aus der Kutsche. Ihre Sorge galt der langen Schleppe, die extra sechs Brautjungfern tragen mussten. In diesem Kleid war es nicht so einfach, sich zu bewegen.

Der Hoffrisör hatte ihre Haare zu einer sehr komplizierten Hochsteckfrisur zusammengebaut und sie trug den alten, goldenen Familienschmuck des Kaiserhauses, sowie ein Diadem, das einer kleinen Krone glich.

Die erste Hürde hatte sie geschafft: sie war ohne zu stolpern aus der Kutsche gekommen. Nun stand sie auf dem Vorplatz. Ihren künftigen Mann, den Kaiser, würde sie in der Kirche treffen.

Die Sonne schien und spiegelte sich in den blank polierten Brustpanzern der Kürassiere am Rande des roten Teppichs. Kaum war die Nationalhymne zu Ende, hörte man ein lautes Scheppern, das Geräusch, wenn hunderte Kürassiere gleichzeitig ihren Säbel aus der Scheide ziehen und vor Ehrerbietung vor ihr Gesicht halten. Extra für diesen Tag trugen sie weiße Handschuhe. Ein großes Jubeln hallte um den Platz. Zwei dumpfe Knallgeräusche nahm sie wahr und dann regnete es Rosenblüten. Sie war überrascht, es gab eine Rosenblütenmaschine? Aber um darüber nachzudenken, war sie natürlich viel zu aufgeregt. Sie schaute sich kurz auf dem Platz um.

Alle diese Leute waren nur ihretwegen gekommen. Überall standen Großleinwände, auf denen man Sophie in Nahaufnahme den großen Platz entlang gehen sehen konnte.

Das Gefühl war unbeschreiblich, als ihr klar wurde, dass diese Hochzeit in die ganze Galaxie übertragen wurde und alle Lebewesen, die in dem großen Kaiserreich lebten, und auch die anderen außerirdischen Zivilisationen, die nicht dazu gehörten, jetzt sie, die kleine Sophie, hier sahen. Die Hochzeit war für alle Pflichtprogramm, überall wurde die Arbeit niedergelegt und die Schule fiel aus.

Sogar die Sklaven durften ihre Arbeit ruhen lassen und mussten sich dieses Ereignis ansehen.

Von jetzt an kannte die ganze Galaxie sie.

Sophie schritt langsam den roten Teppich weiter, ihr Goldschmuck glänzte in der Sonne und sie hatte einen hauchdünnen Schleier auf dem Kopf. Das Lächeln fiel ihr, aufgrund der ganzen Aufregung sehr schwer, sie versuchte es jedoch.

Hinter ihr schritten ihre beiden direkt untergebenen Adjutanten, Oberst Sanchez und Oberst Donkervoort, in ihren blauen Ausgehuniformen.

Als sie am Domeingang angekommen war, hörten die Glocken auf zu läuten und es ertönte von innen der monumentale Klang der Orgel in Verbindung mit einem Chor.

Alle in der Kirche standen auf und verneigten sich tief, als Sophie an ihnen vorbei schritt. Sophie schaute ab und zu etwas unsicher zu Oberst Sanchez, der ihr aber durch ein Nicken anzeigte, dass alles in Ordnung sei.

Sämtliche Würdenträger und auch einige Berühmtheiten sah sie dort. Ihre Eltern jedoch suchte sie vergeblich. Sie dachte zwar, dass sie sicherlich irgendwo sitzen würden, aber dem war nicht so.

Kaiser Maximilian stand bereits am Altar, drehte sich aber nicht zu ihr um. Er sah nicht übermäßig glücklich aus, es schien ihn nicht zu interessieren. Sophie erklärte sich das damit, dass Maximilian, genau wie sie, wohl sehr aufgeregt war.

Der Papst leitete persönlich die Zeremonie. Als es soweit war, den Satz „ich will" auszusprechen, war Sophie etwas heiser, was ein leichtes Raunen durch die Kirche hallen ließ. Maximilians Antwort war so nuschelig, dass man ihn kaum verstand.

Der Ring wurde dann allerdings nicht von Maximilian an ihren Finger gesteckt, sondern von einem Gehilfen des Papstes, das wunderte Sophie etwas. Man fürchtete jedoch, dass Maximilian aufgrund seines enormen Alkoholkonsums keine ruhige Hand dafür haben würde.

Nach den Gebeten schritten die beiden wieder hinaus. Maximilian reichte ihr den rechten Arm, wo sie sich einhakte. Die Glocken läuteten wieder und man begab sich nach oben auf den großen Balkon vor der Kirche, wo man sich der jubelnden Menge zeigte.

Sophie winkte der Menge zu, Maximilian stand teilnahmslos daneben.

Vier Jäger flogen im Tiefflug über das Gelände und versprühten die Staatsfarben rot, weiß, blau und Gold. Alte Kanonen schossen Salut.

Nun war aus dem kleinen Mädchen Sophie Keller, die 31. Kaiserin des Erdimperiums, Kaiserin Sophie von Habsburg, geworden.

General Schneider, einer der beiden obersten Militärs, den sie persönlich noch nie gesehen hatte, stand auf dem Balkon neben ihr: „Meinen Glückwunsch, Majestäten!"

Dann ging er direkt an die Balustrade und machte ein Zeichen, so dass die Menge schwieg.

Dann rief er: „ Gott schütze den Kaiser!"

Die ganze Menge rief: „ Gott schütze den Kaiser!"

Sophie bekam eine Gänsehaut und dachte bei sich: „Wenn ich das meinen Freundinnen erzähle, ach nein, die sehen das ja alle eh' gerade im Fernsehen, es läuft ja nichts anderes, denn heute heiratet der Kaiser und das haben alle mitzubekommen!"

In der goldenen Kutsche ging es anschließend durch Rom, vorbei an den vielen Schaulustigen. Alle Straßen in Rom waren mit weißen Blumen geschmückt.

Sophie fiel immer mehr auf, dass Maximilian die ganze Zeit unruhiger wurde und zitterte.

Nach einiger Zeit endete die Kutschfahrt im Kolosseum, wo man die Kutsche verließ und in die goldene Raumfähre umstieg, die die beiden in die Flitterwochen auf den romantischen Planeten Beta 64 bringen sollte.

Begrüßt wurden sie beim Einsteigen von Generalkommandant van Doorn, ebenfalls in Galauniform, welcher sich verbeugte und zu Sophie sagte: „Von nun an muss ich Sie Majestät nennen, meine besten Glückwünsche dem frisch vermählten Paar!"

Sophie: „Danke Generalkommandant! Schauen Sie mal!"

Sie zeigte ihm ihren Brautstrauß aus wunderschönen Blumen, von dem sie nicht weggucken konnte.

Sophie: „Sind die nicht einfach perfekt, ich hab die noch nie irgendwo gesehen?"

Van Doorn: „Diese Blumen werden auf Beta 45 gezüchtet, nur für den Anlass der kaiserlichen Hochzeit, deshalb kennen Sie die nicht!"

Sophie: „Oh?! Sie meinen, zuletzt hat die Frau von Kaiser Konrad solche Blumen in der Hand gehabt?"

Van Doorn: „Das ist korrekt!"

Stolz drehte sich Sophie um, sie dachte, dass sich auch Maximilian über die Glückwünsche freuen würde, doch zu ihrem Entsetzen sah sie, wie er sich eine Flasche Whiskey direkt an den Mund hielt.

Völlig verstört schaute sie zu van Doorn, welcher nur mit unveränderter Miene sagte: „Selbstverständlich auch Ihnen alles Gute, mein Kaiser!"

Der Kaiser, nun sichtlich etwas ruhiger, schaute van Doorn und Sophie nicht an: „Van Doorn, immer die richtigen Worte, mein Lieber, immer die richtigen Worte!"

Van Doorn: „Majestät, die Fähre bringt Sie zur ASTORIA und dann weiter zu ihren Flitterwochen nach Beta 64."

Maximilian: „Flitterwochen, als wenn wir das brauchen würden, ist doch albern!"

Sophie wusste jetzt nicht, wie sie auf das alles reagieren sollte, die Fähre hob ab und man flog zum Flaggschiff des Erdimperiums, der ASTORIA.

Sophies Eltern und der Rest ihrer Familie verfolgten die Hochzeit von zu Hause aus, man hatte ihnen untersagt, zur Hochzeit zu kommen.

Kapitel 3

Flitterwochen

Sophie hatte noch ihr Hochzeitskleid an und betrat das riesige, goldene, kaiserliche Hauptschiff, die ASTORIA. Im Prinzip war es ein auf Luxus und Prunk umgebautes, normales Schlachtschiff des Erdimperiums, jedoch nur mit einem Minimum an Bewaffnung. Die 6000 Männer und Frauen Besatzung hatten nur das eine Ziel: die Flugbereitschaft für den Kaiser und jetzt auch für die Kaiserin.

Noch etwas unsicher schritt Sophie den Steg der gelandeten, goldenen Fähre hinab, sofort schrie jemand: „ACHTUNG!" und eine Ehrenformation Leibgardisten stand stramm. Die Nationalhymne ertönte. Wie sie es gelernt hatte, blieb Sophie stehen. Oberst Sanchez lehnte sich sogleich zu ihr und flüsterte: „Majestät, Sie brauchen nicht mehr stehen bleiben, Sie sind die Kaiserin, man spielt die Hymne unter anderem nun Ihretwegen!"

Sophie: „Ach so, danke Oberst!"

Also schritt sie weiter. Der Kommandant begrüßte das Kaiserpaar mit einigen Worten. Sophie war viel zu beeindruckt von der schieren Größe alleine dieses Hangars, dass sie gar nicht richtig zuhörte.

Der Tross ging weiter, weiter an noch mehr Soldaten, die alle stramm standen.

Man geleitete Sophie in ihr Quartier. Seltsamerweise hatte sie ein eigenes, sie hatte eigentlich gedacht, dass sie sich gemeinsam mit dem Kaiser eines teilen würde, da sie ja nun verheiratet waren, aber damit lag sie falsch. Ihr Quartier war selbstverständlich sehr groß und die vorherrschende Farbe war Gold.

Eine Frau kam hinein: „Majestät, ich bin der 1. Offizier, Major McKenzie, in dem Schrank dort finden Sie eine Auswahl von Kleidung, die extra für Ihre Größe angefertigt wurde. Wenn Sie Hilfe beim Ankleiden wünschen, so sagen Sie dies bitte. Das Abendessen findet um 19 Uhr statt, ich bringe Sie dann gerne in den großen Speisesaal hier an Bord."

Sophie: „Danke, Major."

Das Schiff legte ab und aus ihrem Fenster konnte sie gut in das All gucken. Der Flug durch den Erdverteidigungswall, all diese gewaltigen Bauanlagen, sah sie nun von der Nähe und sie flogen einfach so da hindurch, ein großartiges Gefühl.

Sophie ging dann in den Schrank, was heißt Schrank, dieser Raum war mindestens genauso groß wie ihr Quartier, da waren um die 400 Kleider und Sonstiges obendrauf drin. Alles für sie. Sofort zog sie ihr Hochzeitskleid aus und probierte eines der kleinen blauen, kurzen Kleider an, machte sich ihre Haare auf und guckte nach den Schuhen. Die waren natürlich noch einen Raum weiter und auch dieser geizte nicht mit Maßen. Sophie nahm sich die höchsten, die sie finden konnte, dann ab zu einem Spiegel. Hier war kein Spiegel? Wieso das? Dann fand sie einen Knopf mit der Aufschrift „SPIEGEL", sie drückte ihn gleich und mitten im Raum projizierte sich ein Spiegel. Sie war überwältigt, sie fand sich in diesen neuen Sachen umwerfend schön! „So, wo nun hin und das vorführen?", fragte sie sich selbst. Hier war ja niemand ihrer Freunde und eigentlich sollte sie sich ja ausruhen, aber schlafen konnte sie sowieso jetzt nicht, also frischte sie ihren Lippenstift auf und ging hinaus auf den Flur. Dort rief sofort ein Leibgardist: „Kaiserin an Deck!" Alle standen sofort stramm. Sophie guckte etwas verstört in die Runde, alle hörten auf, irgendetwas zu machen. Sie stellte sich etwas aufrechter hin und sagte: „Machen Sie bitte weiter!"

Sofort rief der Leibgardist: „WEITERMACHEN!"

Eilig kam ein Offizier angelaufen: „ Majestät, darf ich Ihnen etwas bringen?"

Sophie: „Nein, danke, aber Sie können mir das Schiff zeigen!"

Der Offizier schaute sehr verunsichert: „Ich, Majestät? Möchten Sie nicht lieber in Ihrem Quartier bleiben und sich etwas ausruhen?"

Sophie: „Na gut!"

Sie ging zurück in ihr Quartier, die automatische Tür schloss sich wieder: „ Ja bin ich denn blöd!"

Sie ging wieder raus auf den Flur. Wieder rief der Offizier: „Kaiserin an Deck!"

Sophie: „Weitermachen!"

Sie ging entschlossen den Gang entlang. Wieder kam der Offizier hektisch angelaufen: „ Majestät, ich verstehe nicht?!"

Sophie: „Ich möchte jetzt auf die Brücke und SIE werden mich da jetzt hin bringen!"

Offizier: „Ja…Ja natürlich, sofort, Majestät!"

Ein erwachsener Mann begann zu stammeln, während er mit ihr, dem kleinem Mädchen, sprach? Es begann ihr zu gefallen.

Auf halbem Weg kam ihr Oberst Sanchez entgegen: „Majestät, zu Diensten!"

Sophie: „Oberst, kommen Sie meinetwegen auch mit, wir gehen auf die Brücke!"

Sanchez: „Auf die Brücke? Hier? Ja, aber warum?"

Sophie: „Muss es denn einen Grund geben, warum ich auf die Brücke möchte?"

Sanchez: „Nein, Majestät, Sie sind die Kaiserin!"

Sophie: „Na, eben!"

Nach einigen Minuten kamen die drei auf der Brücke an. Es war eine dieser sehr großen Raumschiffbrücken, in deren Mitte sich ein großes Podest mit einem Geländer befand, auf welchem die hohen Offiziere standen. Die Gruppe gesellte sich dazu.

Der Kapitän war sichtlich unzufrieden, dass Sophie da war, sie kümmerte das aber gerade nicht, viel zu gut war der Ausblick aus dem großen Sichtfester ins All.

Kapitän: „Majestät, wir fliegen noch eine Weile, meinen Sie nicht, dass Sie in ihrem Quartier besser aufgehoben sind?"

Sophie: „Nein, wieso, ist das hier gefährlich?"

Kapitän: „Nein, selbstverständlich nicht, ich dachte nur…"

Sanchez: „Wenn es Ihre Majestät wünschen, dann bleiben Majestät auch auf der Brücke!"

Sophie: „Ja, genau!"

Kapitän: „Verzeihen Sie, Majestät!"

Sophie: „Sie brauchen sich doch nicht entschuldigen, Kapitän!"

Sanchez drehte sich zu Sophie: „Doch, meine Kaiserin, das muss er!"

Kapitän: „Verzeihung, Majestät!"

Sophie wurde etwas verlegen bei dem Gedanken, dass sich der Kapitän des bekanntesten aller 30 000 Erdschiffe bei ihr entschuldigen muss.

Sophie genoss den Ausblick. Sie liebte es, wenn die Sterne am Fenster vorbei zogen. Sie stand eine Weile vor dem Sichtfenster, da brachte ihr ein Soldat einen Sessel, in welchen sie sank. Der Tag war schon sehr anstrengend, aber die Aussicht entschädigte für all den Stress der letzten Stunden.

Ihr fiel auf, dass eine Menge Schiffe die ASTORIA begleiteten. Sie rief Oberst Sanchez heran: „Sanchez. Wie viele Schiffe begleiten uns?"

Sanchez: „500, Majestät!"

Sophie: „500? So viele?"

Sanchez: „Ja, Majestät, schließlich ist das Kaiserpaar an Bord."

Sophie: „Wow, danke ... 500 Schiffe und auf jedem arbeiten 6000 Menschen und das alles für nur 2 Personen!"

Sanchez: „Dazu muss ich noch sagen, dass uns nur die halbe 1. Flotte begleitet, normalerweise sind es doppelt so viele, aber der Weg ist diesmal kurz und ungefährlich!"

Sophie: „Was muss das alles kosten?"

Sanchez: „Das ist weitaus günstiger, als Sie denken, Majestät!"

Sophie stand auf und ging weiter durch das Schiff, Oberst Sanchez wich ihr nicht von der Seite. Die nächste Station war die Offiziersmesse, dann der Maschinenraum, dann zum Kartenraum. Nach zirka drei Stunden Schiffsbesichtigung fragte sie Sanchez: „Oberst, alle hier sind Soldaten, richtig?!"

Sanchez: „Richtig, Majestät!"

Sophie: „Der Kaiser trägt ebenfalls eine Uniform mit gelber Schärpe, er ist demnach auch ein Soldat?"

Sanchez: „Ja, Majestät, er ist der oberste Befehlshaber der gesamten Streitkräfte!"

Sie schaute in die Runde, seit mehreren Stunden gab es hier außer ihr niemanden ohne Uniform: „Oberst, habe ich denn auch einen Rang in der Armee?"

Sanchez: „Majestät, Sie sind die Kaiserin!"

Sophie: „Ja, das sagen mir hier ständig alle, aber was heißt das? Ich komme mir hier etwas fehl am Platze vor."

Sanchez: „Ehrlich gesagt, weiß ich das gar nicht, Majestät. Es hat noch nie eine Kaiserin eine Uniform getragen, geschweige sich für das Militär besonders interessiert! Ich könnte das in Erfahrung bringen, welchen Rang Sie haben und ob überhaupt."

Sophie: „Das wäre nett, danke!"

Sophie begab sich in ihr Quartier und die AS-TORIA flog weiter in Richtung BETA 64, dem Planet der Flitterwochen.

Beta 64

Sophie war nun schon mehrere Wochen auf diesem besonders paradiesisch anmutenden Planeten. Sie ging viel durch diese malerische Umgebung, die vielen Wälder, die vielen Wasserfälle. Überall übertraf eine Landschaft die nächste. So etwas Atemberaubendes hatte sie noch nie gesehen. Es gab auch keine Bilder irgendwo über diesen Ort. Die Existenz eines solchen märchenhaften Planeten war geheim. Auf einem Berg lag die kaiserliche Residenz, ein weißes Märchenschloss mit acht Türmen, umgeben von vier Wasserfällen, in alle Himmelsrichtungen zeigend.

Sophie war oft und gerne ausreiten, die weiten Wiesen, die verschachtelten Wege durch die Wälder, all dies lud dazu ein. Als Begleitung ritten immer vier Kürassiere mit Lanzen und Fahnen hinter ihr her. Sie fühlte sich wie in den alten Märchen, wie eine Prinzessin. Die Kürassiere ritten stets auf schwarzen Pferden, während Sophie ihren eigenen weißen Schimmel bekam.

Oberst Sanchez erzählte ihr, dass all dies extra für das Kaiserhaus errichtet wurde, dieser Planet war besonders fruchtbar und deshalb wählte man ihn aus. Was er ihr nicht erzählte, war, dass die Bevölkerung dafür auf einen Meteor umgesiedelt wurde.

Hier war alles möglich. Viel Spaß machte ihr auch das Gleitschirmfliegen mit Start direkt von einem der Schlosswasserfälle, wobei sie im Tal der Sonnenblumen landete, das machte ihr so viel Spaß, dass sie immer lange lachen musste.

Nach einiger Zeit Aktivitäten und Urlaubsstimmung merkte sie dann aber, dass dies ja ihre Flitterwochen waren, aber ihren Mann, den Kaiser, hatte sie nicht einmal gesehen. Wo war der überhaupt?

Nicht einmal beim Essen sah sie ihn. Nach dem morgendlichen Ausritt fragte sie dann Oberst Sanchez, wo sich der Kaiser denn aufhielt und ob es möglich wäre, mit ihm das Abendessen einzunehmen. Sanchez aber sagte ihr, dass der Kaiser sich in einer Berghütte aufhielt und nicht gestört werden möchte.

Alles, was sie in der kurzen Zeit vom Kaiser mitbekommen hatte, war, dass er sehr zurückgezogen lebte und sich anscheinend für sie nicht interessierte.

Einige Tage später kam Sophie den Schotterweg zum Schloss hoch geritten. Sie trug ein englisches Outfit mit Reiterhose, Stiefeln, einem karierten Landhausjackett, braunen Lederhandschuhen und einen Dutt.

Auf dem Weg sah sie, wie eine Raumfähre sich zur Landung im Schloss bereit machte. Sie konnte die Kennung nicht erkennen, aber es war nicht die goldene Fähre der ASTORIA, demnach war es nicht der Kaiser. Es musste also Besuch sein und der kam ihr im Moment mehr als recht.

Das gesamte Personal und die ganze Leibgarde Soldaten waren alle furchtbar nett und erfüllten ihr auch jeden Wunsch, aber sie fühlte sich dennoch immer als Außenseiterin und wurde das Gefühl nicht los, dass ihr hier alle nur nach dem Mund redeten. Wahrscheinlich war das sogar deren Auftrag.

Im Schlosshof angekommen, sah Sophie dann Oberst Sanchez, wie er mit dem frisch angekommenen Generalkommandanten van Doorn sprach.

Sie ritt gleich dort hin und stieg kurz vor ihnen ab. Ein Leibgardist rief sogleich: „Kaiserin anwesend!"

Sophie erschrak jedes Mal, wenn ihre Anwesenheit ausgerufen wurde, daran hatte sie sich noch nicht gewöhnt.

Van Doorn: „Majestät, ich bin beglückt, Euch sehen zu dürfen!"

Sophie: „Generalkommandant, welch eine Überraschung, ich habe gelernt, ich muss mich als Kaiserin für dieses Kompliment nicht bedanken, denn es ist die korrekte Begrüßung für mich von einem hohen Offizier! Ja, Sie sehen, ich mache meine Hausaufgaben!"

Van Doorn: „In der Tat, ich bin beeindruckt!"

Ein Kürassier kam und führte das Pferd weg.

Sophie: „Van Doorn, Sie kommen gerade recht, gehen wir ein Stück?"

Van Doorn: „Gerne Majestät, obwohl ich gleich zum Kaiser muss!"

Sophie: „Ja, wissen Sie denn, wo diese geheimnisvolle Hütte ist?"

Van Doorn: „Sie etwa nicht?"

Sophie: „Nein, er will seine Ruhe."

Van Doorn schaute verunsichert zu Sanchez: „Aber es sind doch Ihre Flitterwochen?!"

Sanchez zuckte nur mit den Schultern: „Er will eben seine Ruhe!"

Van Doorn: „Darüber reden wir noch später!"

Sophie: „Das können Sie auch vor mir besprechen, ich bin zwar jung, aber nicht blöd. Ich weiß schon, was ich im Gegenzug zu all dem hier … also was man von mir erwartet, ich bin aufgeklärt und nicht unerfahren, aber wenn der Kaiser mich nicht sehen will, was soll ich tun!"

Van Doorn: „Majestät, ich habe Sie keine Sekunde für blöd gehalten!"

Sophie: „Dann ist ja gut, kommen Sie mit!"

Die Beiden gingen in dem Park umher.

Sophie: „Das ist alles so wunderschön hier und man hat das nur für das Kaiserhaus gebaut?"

Van Doorn: „Um genau zu sein, nur für die Kaiserin, das hier gehört sozusagen allein Ihnen!"

Sophie: „Das ganze Schloss?"

Van Doorn: „Der ganze Planet! Alle 14 Schlösser und alle Anlagen auf ihm."

Sophie: „Nicht ernsthaft!"

Van Doorn: „Doch, haben Sie denn die 13 anderen Schlösser noch nicht besucht?"

Sophie: „Nein, ich hatte ja keine Ahnung!"

Van Doorn: „Es gibt noch drei weitere Planeten, wie diesen hier, die Ihnen gehören, in jedem Quadranten einer!"

Sophie: „Mir allein, nicht dem Kaiser?"

Van Doorn: „Der hat elf eigene!"

Sophie: „Oh, elf eigene?"

Kurze Pause

Sophie: „Generalkommandant, bedeutet das eigentlich, dass unsere Ehe von vorn herein getrennt verlaufen wird?"

Van Doorn: „Ich verstehe nicht?"

Sophie: „Doch, tun Sie! Im Palast gibt es zwei Flügel, ich wohne im Ostflügel, er im Westflügel und man läuft sich da nicht über den Weg! Es gibt getrennte Planeten und hier ist er für mich unauffindbar, aber das muss ich Ihnen nicht erklären, Sie wissen das ja alles!"

Van Doorn: „Ja, Sie sind ein kluges Mädchen, Verzeihung, Sie sind die Kaiserin!"

Sophie: „Nicht wahr!"

Van Doorn: „Und es muss ein Nachkomme her, meinen Sie, Sie bekommen das hin?"

Sophie: „Das werde ich wohl irgendwie müssen, zur Not krieche ich einmal zu ihm ins Bett."

Van Doorn: „Wie Sie das machen, möchte ich gar nicht wissen!"

Sophie: „Van Doorn, besteht die Möglichkeit, dass ich meine Freunde sehen kann?"

Van Doorn: „Ihre Freunde oder speziell George?"

Sophie grinste: „George und meine Eltern wären mir besonders lieb, die vermisse ich voll und natürlich Jacky!"

Van Doorn: „Ich denke, das dürfte sich nächsten Monat in Neu Delhi arrangieren lassen!"

Sophie: „Versprochen?"

Van Doorn: „Versprochen!"

Sophie strahlte über das ganze Gesicht und nahm van Doorn vor Freude fest in den Arm. Dieser war überrascht und erwiderte die Umarmung nur ganz vorsichtig, denn so etwas war er gar nicht gewohnt, ganz davon abgesehen, dass sich das auch nicht gehörte.

Kapitel 4

Ende der Kindheit

Einen Monat später. Man war wieder im Palast. Sophies Leben hatte sich etwas verändert. Noch immer machte es ihr Spaß, sich so oft wie möglich am Tag umzuziehen. Viel zu schön war die Auswahl an Garderobe in ihrem Schrank, der bestimmt vier Mal so groß war wie ihr Elternhaus.

Nun aber kamen repräsentative Pflichten hinzu. Als frisch gebackene Kaiserin musste sie jetzt täglich irgendwo hin, irgendetwas eröffnen, den Vereinsvorsitz von irgendetwas übernehmen, bei einer Parade anwesend sein, ein Raumschiff taufen oder was sonst noch so auf der Tagesordnungsliste stand.

Aber ab jetzt sah sie auch den Kaiser regelmäßig beim gemeinsamen Abendessen im großen Speisesaal. Gesprochen wurde nur sehr wenig, beide saßen zudem am jeweiligen Kopfende eines riesigen Esstisches, im Sichtfeld behindert durch zwei große Silberleuchter. Manchmal versuchte sie ein Gespräch zu starten, aber außer einem Gegrummel kam selten etwas von Maximilian. Es kam auch vor, dass sie vor lauter Freude ihm ihren Tagesablauf erzählen wollte, was sie alles erlebt hatte, was sie bewegte, Maximilian aber einfach mitten drin aufstand und ging. Das war schon sehr deprimierend.

Für diesen Tag hatten sich nun ihre Eltern, George und ihre beste Freundin Jacky angekündigt. Van Doorn hatte Wort gehalten, darauf freute Sophie sich schon den ganzen Monat und heute würde es wahr werden. Seit ihrer Hochzeit hatte sie alle nicht mehr gesehen oder etwas von ihnen gehört. Sophie war den ganzen Tag schon aufgeregt und hatte den Tag verplant. Ihre Familie würde erst einmal im Wintergarten mit Essen versorgt, dann käme die Palastführung und dann gingen alle in den Park, ja, so hatte sie sich das alles vorgestellt und natürlich gleich die ganze Dienerschaft informiert.

Es war soweit, die Fähre aus Wien landete. Sophie hatte extra die goldene Hoffähre ausgesandt, um alle abzuholen. Die Schiebetür öffnete sich und alle lagen sich nacheinander in den Armen.

Alle vier waren gekommen und viele Wiedersehenstränen wurden vergossen. Nachdem Sophie jeden ausgiebig begrüßt hatte, schlenderten alle in den Wintergarten gegenüber von der Landeplattform inmitten des künstlichen Teichs.

Im Wintergarten ließ Sophie ein großes Büffet aufbauen, sie selber trug ein kurzes, schwarzes Kleid und die Haare offen. Sie hatte den von ihr so geliebten Diamantschmuck angelegt, jedoch ohne Diadem.

Man nahm Platz.

Sophies Mutter schüttelte den Kopf: „Du siehst so erwachsen aus!"

Sophie lächelte: „Ich bin die Kaiserin!"

Mutter: „Ich finde es trotzdem…"

Vater: „Was deine Mutter sagen will, ist, dass sie stolz auf dich ist."

Sophies Mutter schaute schüchtern zuerst auf einen, an einem Pfeiler stehenden, mit einer Hellebarde bewaffneten, Kürassier und dann auf den Boden und sagt mit leiser, zaghafter Stimme: „Ja."

Vater: „Schön hast du es hier!"

Jacky: „Sophie, das ist ja alles voll der Hammer hier!"

Sophie: „Das ist doch noch gar nichts, ich habe meine eigenen Planeten!"

Jacky: „Wow, da müssen wir unbedingt hin. Sind da auch viele von deinen süßen Soldaten?"

Mit einem kessen Blick schaute sie auf einige der herumstehenden Leibgardisten.

Sophie: „Ja, davon habe ich mehr als genug!"

Sie schaute hinüber zu dem Kommandeur: „Nichts für ungut, Oberrittmeister!", welcher dann nur die Hacken zusammenschlug.

Jacky: „Respekt! Gut im Griff!"

Mutter: „Papa hat einen neuen Geschäftszweig aufgemacht, es geht um Delikatessen, läuft ganz gut an, ist aber auch viel Arbeit, aber was erzähle ich dir, unser bescheidenes Geschäft kann es ja nicht hiermit aufnehmen, wir haben keinen Planeten und kein Goldbesteck, keine Rittmeister, aber wir sind bescheiden und glücklich, das interessiert dich wahrscheinlich gar nicht."

Sophie warf das Besteck hin: „Mama, was soll das, kannst du dich nicht ein Mal für mich freuen? Nie mache ich in deinen Augen etwas richtig, ich bin die Kaiserin des Erdimperiums, des größten Staatsgebildes, was es je gab, und natürlich interessiert mich, was ihr macht! Hallo!"

Mutter: „Du hättest etwas Anständiges machen sollen!"

Sophie: „ Was Anständiges? Ja, aber was denn bitte?!"

Mutter: „Ich weiß auch nicht, frag mich nicht, ist dein Leben, aber eben was anderes, alles, nur nicht das hier!"

Sophie: „Jaja, ich hätte es dir doch mit egal welcher Ausbildung oder Studium nicht recht machen können. Ich mache ja immer alles falsch!"

Die Mutter nahm die Hände nach oben und verzog das Gesicht: „Kind, wir wollen ja nur dein Bestes und dass du es einmal besser hast als wir."

Sophie staunte nicht schlecht, sie guckte sich im Wintergarten um und gestikulierte mit ihren Händen, indem sie auf alles Mögliche im Raum zeigte: „Einmal besser haben? Wie kann man es denn noch besser haben? Ich weiß noch nicht einmal, wie viel Geld ich überhaupt seit der Heirat habe, ich weiß nur, dass ich mit meinen 16 Jahren die reichste Frau der Galaxie bin, Mama, wie kann man es da denn noch besser haben?!"

Vater: „Schöne Grüße von Opa und Oma, du sollst dich mal wieder melden."

Er guckte sich etwas verlegen um: „Obwohl das wohl bei deinem Job schwer werden wird. Opa dachte, du könntest in den Ferien kommen."

Mutter: „Oma hat dir einen Kirschkuchen gebacken, wir haben ihn erst mitnehmen wollen, aber wir waren überzeugt, dass du hier Besseres gewohnt bist, wie man das ja zweifellos sieht und da haben wir ihn zu Hause gelassen!"

Sophie: „Das ist unfair, Du weißt, wie sehr ich Omas Kirschkuchen liebe!"

Jacky: „Ich gehe besser in den Park!"

George: „ Ich komme besser mit!"

Beide verließen den Wintergarten.

Sophie guckte ungläubig dem Treiben zu.

Mutter: „Deine Großmutter hat sich so viel Mühe mit dem Kuchen gegeben!"

Sophie (laut): „Jetzt reicht`s aber, ich habe doch gesagt, dass ich den Kuchen haben möchte, außerdem ist es gemein, dass du ihn nicht mitgebracht hast!"

Mutter: „Oma ist echt traurig, sie meinte auch, dass du das hier nicht hättest machen sollen. Unsere Familie hat immer für ihr Geld gearbeitet und Opa hat sein Leben lang geschuftet, damit es uns gut geht. Unsere Familie hat immer anständige Berufe gehabt!"

Sophie konnte das nicht glauben, sie hatte den Mund offen und wollte etwas sagen, sie war aber zu erstaunt über so viel Abneigung, dann wandte sie sich zu ihrem Vater: „Papa, sag doch auch mal was dazu!"

Vater: „Ich halte mich da besser heraus, ich werd' einen Teufel tun und etwas gegen unsere Kaiserin sagen!"

Sophie: „Hallo!! Ich bin schließlich auch noch eure Tochter!"

Er guckte in alle Richtungen, um Sophie nicht ins Gesicht schauen zu müssen und stellte seine Tasse ab: „Glaubst du das wirklich noch?"

Mutter: „Ich möchte jetzt gehen, ich muss hier raus!"

Vater: „Ja mein Schatz, wir gehen, Oberst, wären Sie so freundlich und lassen uns wieder heimbringen?"

Sophie: „Das ist kein Oberst, das ist ein Ober-rittmeister!" Sie schüttelte ihren Kopf. „Ach, das ist ja auch egal, das wollte ich nicht sagen!"

Oberrittmeister: „Selbstverständlich!"

Er nickte den Wachen zu, Vater und Mutter standen auf und gingen in den Innenhof. Sophie blieb sprachlos zurück. Sie stand auf, nahm sich auf dem Weg zum Innenhof eine fachgerecht gefaltete Tischserviette mit und tupfte sich die Tränen aus den Augen. Andererseits versuchte sie die Fassung zu bewahren. Sie ging hinter ihren Eltern her, ihre Mutter wetterte mit resignierender Stimme immer: „Soweit hätte es nie kommen dürfen!" Sophie traf jedes Wort wie ein Messerstich. Ihr Vater war die ganze Zeit still und guckte nur mitleidig. Ohne sich zu verabschieden, stieg die Mutter in die Fähre. Der Vater drehte sich um und reichte Sophie zum Abschied die Hand.

Sophie: „Du gibst mir die Hand?"

Man sah ihre glasigen Augen.

Vater: „Es gehört sich nicht, die Kaiserin zu umarmen!"

Sophie war jetzt nicht nur sehr traurig, sondern nun wurde sie auch wütend: „Ich werde dir nicht die Hand geben, wir sind keine Fremden, ich bin deine Tochter und das werde ich auch immer bleiben!"

Sie drehte sich um und ging weg. Wie gut, dass sie noch immer die Serviette dabei hatte. Jetzt wünschte sie sich sehnlichst, dass ihre Eltern wieder aus der Fähre kämen und sie in den Arm nehmen würden, aber als sie das Startgeräusch hörte, kniff sie nur noch ihre Augen fest zusammen und ging geradeaus weiter. Jetzt, vor all diesen Leibgardisten wollte sie unter allen Umständen die Fassung bewahren.

Die Fähre war nun nicht mehr zu hören und Sophie tupfte erneut Tränen aus dem Gesicht.

Etwas Trost wäre jetzt nicht schlecht und mit wem kann man besser über seine Eltern meckern als mit seinen Freunden, dachte sich Sophie und ging in den Park zu George und Jacky. Sie fragte einen der Koreanergardisten, die dunkel gekleideten Sonderleibgardisten, die nur den Park bewachten, wo die beiden sich denn gerade aufhielten und er schickte sie zu dem kleinen Springbrunnenhäuschen.

Dort angekommen traf sie der Schlag. Sie hatte Jacky und George in flagranti erwischt, sie lagen sich in den Armen und küssten sich heftig. Jackys Bluse war bereits offen.

Sophie: „Ich störe also!"

Beide stürzten sofort auseinander.

George: „Es ist nicht das, wonach es aussieht!"

Sophie: „Erzähl mir Nichts!"

George: „Na gut, es ist das, wonach es aussieht!"

Sophie: „Ich fass' es nicht, meine beste Freundin und mein Freund!"

George fuhr sich durch die Haare: „Ach komm', mach jetzt hier nicht die Laute! Du bist nun mal weg und wenn ich diesen ganzen Kram hier sehe, du hältst dich für was Besseres, bist voll arrogant geworden! Das nervt. Jacky versteht mich!"

Sophie: „Bitte? Arrogant, ich? Sie, gerade sie versteht dich? Was ist denn das für ein Quatsch! Ich dachte, du liebst mich und es wäre was Besonderes mit uns?!"

George: „Ach komm', lass das Gelaber von Liebe, das war vielleicht früher mal ansatzweise so und jetzt, die ganzen Männer hier, ich könnte dir auch gar nicht mehr trauen! Ach, was soll diese Szene hier überhaupt, darauf hab ich jetzt keine Lust!"

Sophie: „Sag mal, spinnst du? Ich war dir immer treu und hab dich geliebt und nun bist du eifersüchtig auf die alle hier? Wer sollte hier eifersüchtig sein, wen hab' ich hier gerade erwischt?!"

George machte eine abfällige Handbewegung: „Bla bla bla, das wird mir hier zu doof!"

Er nahm ein Kaugummi: „Deine Eltern haben das schon richtig gemacht! Komm, Jacky, wir gehen jetzt auch, hier haben wir nichts mehr verloren!"

Er nahm Jacky in den Arm, die nur grinsend mit den Achseln zuckte und beide gingen aus dem Häuschen.

Sophie war schon wieder fassungslos, was für eine Demütigung. Das war ihr heute alles zu viel. Sie rief George hinterher: „Ich hasse Dich, wenn ich könnte, würde ich dich töten!"

Ein Schuss fiel. George sackte mit einem Loch im Kopf zu Boden. Jacky guckte sich um, sah George auf den Boden sinken und begann hysterisch zu kreischen.

Sophie fiel die Kinnlade herunter. Sie schaute auf ihren Oberarm, alles voller Blut. Ein Koreanergardist steckte seine Pistole wieder in den Holster.

Sophie: „Was haben Sie getan?"

Koreanergardist: „Majestät haben befohlen!"

Oberst Sanchez kam angelaufen und sah die Szenerie: „Ach, du meine Güte!"

Sophie schaute zu Sanchez: „Oh, mein Gott, was hat er getan!"

Sanchez: „Ordonnanz, bringen Sie die Kaiserin sofort in ihr Quartier und holen sie den Arzt, Majestät brauchen jetzt Betreuung, Sergeant, räumen sie den hier sofort weg!"

Sophie war geschockt, George war tot, einfach so, weil sie es wünschte. Jacky kreischte immer noch herum. Jetzt war der Zeitpunkt erreicht, wo ihr das zu viel wurde. Sie drehte sich zu Oberst Sanchez um: „Oberst, haben wir hier eine Arrestzelle?"

Sanchez: „Ja, sowas in der Art."

Sophie: „Gut, sperren Sie diese Person da ein, ich beschäftige mich später mit ihr."

Sie zeigte auf Jacky.

Sanchez machte einen Wink und Jacky wurde abgeführt. Auf dem Weg in ihr Quartier kam Oberst Donkervoort mit einem Kleid, welches ihrem jetzigen ähnelte: „Majestät, Sie haben Blut auf dem Kleid, ich habe mir erlaubt, Ihnen Wechselkleidung zu bringen, außerdem meldet Sergeantmajor McGregor, dass der Park wieder sauber ist!"

Wortlos nahm sie das Kleid und ging in ihr Schlafzimmer. Dort stand sie erst einmal gute fünf Minuten, bis sie sich das blutverschmierte Kleid auszog und sich auf ihr Bett warf und dann lange und bitterlich weinte

Der nächste Tag.

Sophie saß mit dunklem Rolli, Pferdeschwanz und tiefen Augenringen auf dem Balkon und trank einen sehr starken Kaffee. Das auf einem großen Silbertablett stehende Frühstück hatte sie nicht angerührt. Sie saß dort bereits zwei Stunden und dachte nach. Ab und zu setzte sie eine Sonnenbrille auf und auch wieder ab. Sämtliche Termine für diesen Tag hatte sie abgesagt, der vorige Tag saß ihr noch zu tief in den Knochen. Sie wollte es eigentlich nicht glauben, was da alles am Vortag passiert war. Diese Skrupellosigkeit des Soldaten, dieser hundsgemeine George, ihre Mutter, ach, sie wollte nicht mehr so viel daran denken, aber es schoss ihr immer wieder durch den Kopf. Was für ein Desaster.

Mit ihren Eltern wollte sie nun wieder Frieden schließen, oh je und die Eltern von George, was sollte sie denn denen erzählen. Ihr wurde ganz flau in der Magengegend.

Sophie drückte den Knopf der Comanlage: „Oberst Sanchez, wir müssen die Familie von George informieren!"

Sanchez: „Verzeihung Majestät, aber das ist schon geschehen. Ein Bote hat heute die Eltern von George und Jacky über deren tragischen Jagdunfall in den Wäldern Kanadas informiert, den beide nicht überlebten."

Sophie: „Jagdunfall? Aber das ist doch glatt gelogen!"

Sanchez: „Mit Verlaub Majestät, aber solche Unfälle ereignen sich nicht im Palast, so etwas passiert nicht in diesem Haus."

Sophie: „Verstehe! Demnach ist Jacky auch tot?"

Sanchez: „Nein, Sie haben doch befohlen, dass Sie in Arrest kommt, hier im Palast."

Sophie: „Das bedeutet, dass sie zum Tode verurteilt ist?"

Sanchez: „Das nicht, aber sie war Zeugin des Vorfalls mit Herrn George und somit … Sie verstehen schon. Zudem hat sie Ihr Vertrauen missbraucht."

Sophie: „Meins?"

Sanchez: „Ja, Sie sind die Kaiserin, man hintergeht Sie nicht, egal womit! Das ist Hochverrat!"

Sophie: „Wo ist sie genau?"

Sanchez: „Im Keller."

Sophie: „Es gibt einen Keller?"

Sanchez: „Ja, Majestät, um genau zu sein, ist sie im 3. Untergeschoss. Es ist das unterste, für Gefangene besonderer Art. Sie bleibt dort solange, wie Sie es wünschen! Möchten Sie sie jetzt sehen?"

Sophie: „Nein, ich kann sie jetzt nicht sehen, ein anderes Mal."

Sie drückte den Knopf zum Ausschalten.

Es wurde ihr langsam klar, dass sie als Kaiserin auch Herrin über Leben und Tod war. Was für eine Macht hatte man ihr da gegeben. Sie fühlte sich dem nicht annähernd gewachsen. Darüber musste sie erst einmal nachgrübeln, aber jetzt war der Kaffee alle und in diesem Moment schien ihr die Füße vertreten genau das Richtige zu sein.

Sie stand auf, nahm ihre große Kaffeetasse, verließ ihr Zimmer und schlenderte den langen Korridor entlang, in Richtung Küche. Den Dienern hatte sie schon den ganzen Tag frei gegeben.

An einem Korridorknotenpunkt standen zwei Offiziere der Flotte und unterhielten sich. Sie hatten Sophie nicht bemerkt.

1. Offizier: „General Williams hat sich schlapp gelacht!"

2. Offizier: „Ja, das kleine Mädchen ist geärgert worden, ooohh."

1. Offizier: „Das dumme Ding!"

Beide lachten. Sophie blieb stehen.

2. Offizier: „Ich habe gehört, dass sich ihre Mitschüler schon über sie lustig machen und ihre beste Freundin vorne weg."

1. Offizier: „Das glaube ich, das kleine Dummchen dachte, sie wäre hier auf einer endlosen Party, haha!"

2. Offizier: „Nun mal ehrlich, das geht ja auch gar nicht, 16 Jahre und meinen, Kaiserin spielen zu können."

1. Offizier: „General Williams wartet nur auf das Baby und dann wollen wir sehen, dass wir die wieder los werden."

2. Offizier: „Oh ja! Sie hat hier eben nichts verloren!"

1. Offizier: „Das stimmt, aber das meinen ja viele von uns, was auch immer sich van Doorn dabei gedacht hat!"

2. Offizier: „Spielen wir noch etwas Kindergarten und schauen mal, was passiert."

Sophie entfernte sich langsam und ruhig wieder, sie ging heimlich in die Bibliothek, welche in der Nähe des Korridorknotens lag und warf vor Wut ihre Tasse gegen den Kamin, welche in vielen Scherben zerbarst.

Ein Leibgardist kam herein und sah das Trümmerfeld.

Sophie: „ Ich..ich musste mich abreagieren!"

Der Leibgardist reichte Sophie umgehend seine Dienstpistole: „Damit geht es besser!"

Sophie: „Aber ich kann hier doch nicht einfach wild herum schießen!"

Leibgardist: „Sie sind die Kaiserin!"

Sophie: „Ach ja, ich bin die Kaiserin, ich darf das, wie bedient man das hier?"

Leibgardist: „Den Hebel unten links nach oben und dann den Abzug ziehen."

Sophie: „ Ah ja, kommen Sie mit!"

Sie gingen den Flur entlang zu den beiden Offizieren, welche sich bei der Ankunft der Kaiserin sofort verneigten.

Sophie: „Sehen Sie General Williams noch?"

Beide Offiziere schauten etwas erstaunt.

1. Offizier: „Ich verstehe nicht, Majestät? Das lässt sich unmöglich sagen!"

Sophie nahm die Pistole hoch und feuerte in den direkt hinter den Offizieren befindlichen Spiegel. Die beiden zogen ihre Köpfe ein, während die Scherben auf sie nieder regneten.

Leibgardist: „Präziser antworten!"

Sophie: „Und ich spreche deutlich! Wie lade ich nach? Sie müssen wissen, ich bin noch nicht so zielsicher!"

Leibgardist: „Ist geladen, das macht die Pistole automatisch!"

1. Offizier: „Ich denke, ich sehe ihn heute noch!"

Sophie: „Na also, geht doch, richten Sie ihm bitte etwas von mir aus!"

1. Offizier: „Gerne, Majestät!"

Sophie: „Und passen Sie gut auf, ich möchte, dass Sie mich genau zitieren und nichts weglassen! Also richten Sie ihm aus, er sei ein Schwachkopf!"

Beide Offiziere schauten sich verunsichert an.

Sophie: „Sie stehen hier ja immer noch! Major, wie viele Patronen hab ich hier noch drin?"

Leibgardist: „Acht, Majestät! Sollte das nicht reichen, habe ich noch drei volle Magazine dabei!"

Die Offiziere entfernten sich rasch.

Oberst Sanchez kam hinzu: „Probleme?"

Sophie: „Nein, keine Probleme und wenn, entledigen wir uns jetzt derer!"

Sanchez: „Soll ich fragen?"

Sophie: „Besser nicht! Gehen Sie jetzt und holen Sie van Doorn her!"

Sanchez: „Jetzt?"

Sophie: „Ich bin die Kaiserin, bekomme ich hier immer wieder gesagt, also, wenn ich van Doorn jetzt sehen will, dann will ich ihn jetzt sehen!"

Sanchez: „Das ist momentan nicht möglich, er befindet sich im Delta Quadranten auf einer Mission, seine Rückkehr würde Tage dauern!"

Sophie: „Na gut, dann also Tage, aber her mit ihm, zack zack!"

Sanchez: „Jawohl, Majestät."

Er ging. Sophie drehte sich zum Leibgardisten: „Und Sie zeigen mir jetzt die Arrestzelle mit meiner ehemals besten Freundin!"

Leibgardist: „Hier entlang, Majestät!"

Beide gingen zu einem Fahrstuhl, der sie mehrere Stockwerke nach unten beförderte. Die unteren Gefängnismauern machten ihrem Namen alle Ehre. Sie waren grob gemauert und es war ziemlich dunkel. An den Seiten hingen schwere Eisenketten und Schlaufen, wie man sie eigentlich nur aus alten Piratenfilmen kannte. Hier hingen tatsächlich früher Gefangene an der Wand.

Die beiden gingen in eine der vielen Zellen. Jacky saß auf einem Bett zusammengekauert und brach gleich in Tränen aus, als sie Sophie sah.

Jacky: „Sophie, es tut mir so Leid!"

Sophie verschränkte die Arme: „Tut es das? Jetzt, wo du hier unten bist? Kann ich mir vorstellen! Erzähl mir von den Witzen!"

Jacky: „Was für Witze?"

Sophie: „Wieso hält mich hier eigentlich jeder für doof? Die aus der Schule natürlich!"

Jacky: „Da ist nichts, da erzählt keiner etwas über dich, wir freuen uns doch alle mit dir! Sophie, bitte, hol mich hier raus, das mit George war allein seine Idee, ich konnte da nichts für!"

Sophie: „Major, wem glauben Sie mehr, einem Mädchen, was ihre beste Freundin mit dessen Freund betrügt und hinter ihrem Rücken in der Schule nur lästert oder zwei Offiziere höheren Ranges unserer glorreichen kaiserlichen Flotte, sozusagen Ehrenleuten?"

Leibgardist: „Die Frage stellt sich nicht, Majestät, brauchen Sie eine Pistole?"

Jacky warf sich sofort vor Sophies Füße auf den Boden, kreischte und heulte: „Es war alles die Idee der anderen, die haben die Sachen erzählt, ich kann nichts dafür, glaub mir!"

Leibgardist: „Wenn Sie mich fragen, erbärmlich!"

Sophie: „Ich muss hier raus!"

Sie verließ die Zelle, Jacky rief ihr hinterher: „Lass mich nicht hier, hol mich hier raus, bitte!"

Der Leibgardist schaute Befehle abwartend in Sophies Gesicht.

Sophie: „Tür schließen!"

Er schloss die Tür und es wurde ruhig.

Sophie: „Ist die schalldicht?"

Leibgardist: „Ja, Majestät!"

Sophie: „Gott sei Dank!"

Sie blieb einen Moment in dem alten Gang stehen und grübelte nach, während sie auf die alten Eisenketten schaute.

Sophie: „Wie ist ihr Name, Major?"

Leibgardist: „Major Hendriksen."

Sophie: „Major Hendriksen, halten diese Ketten noch?"

Hendriksen: „Das weiß ich nicht, Majestät, dazu müssten Sie den Oberfoltermeister fragen!"

Sophie: „Ernsthaft? Es gibt einen Oberfoltermeister?"

Hendriksen: „Ja, aber natürlich, die Folterkammer muss doch einen Chef haben!"

Sophie: „Natürlich, das muss sie wohl! Er soll sich dann auch gleich meines Gastes annehmen! Lassen Sie Jacky hier frei aufhängen, an die alten Ketten, und zwar nackt!"

Hendriksen: „Ich leite alles in die Wege!"

Er verbeugte sich und ging.

Sophie hatte die Arme immer noch verschränkt und ging langsam zum Fahrstuhl.

Leise sagte sie zu sich: „Woll`n wir doch mal sehen, welche Witze besser sind, Jacky, deine oder meine!"

Oben wieder angekommen, traf sie auf Oberst Sanchez: „Oh, Sie waren im Keller?"

Sophie: „Ja, ich wollte witztechnisch auf dem Laufenden sein!"

Sanchez: „Und sind Sie?"

Sophie: „Ausreichend! Wann kommt van Doorn?"

Sanchez: „In vier Tagen!"

Sophie: „Gut!"

Sanchez: „Und General Williams möchte Sie sehen, er schien wegen etwas sehr ungehalten zu sein."

Sophie: „Der kann mich mal! Geben Sie ihm einen Termin, aber frühestens morgen und dann auch nur vielleicht! Ich möchte den Hofschneider sehen!"

Sanchez: „Jetzt?"

Sophie: „Hab ich was von morgen gesagt? Natürlich jetzt!"

Sanchez: „Nein, Majestät, ich hole ihn sofort!"

Sophie ging zurück in ihr Schlafzimmer. Dort angekommen, musste sie sich erst einmal stützen, ihr war richtig übel. Sie war der Meinung, sich jeden Moment übergeben zu müssen und so kam es dann auch.

Danach schmiss sie sich auf das Bett und wollte nur noch weinen, jedoch klopfte es, keine Zeit für Tränen, der Hofschneider war da, also Tränen abwischen und weiter machen.

Der Hofschneider wartete schon im gelben Salon. Auf dem Weg dorthin kam Major Hendriksen: „Alles erledigt, Majestät!"

Sophie: „Gut, danke. Hendriksen, ich musste feststellen, dass es hier im Haus nicht viele loyale Menschen gibt, also ich meine mir loyale. Können wir das irgendwie ändern?"

Hendriksen: „Ich werde mir ein paar Gedanken machen, aber da gibt es sicher einen Weg!"

Sophie: „Ich werde Ihnen da vertrauen und ich glaube, Sie werden mich nicht enttäuschen!"

Sophie sagte den Satz etwas energisch, sie wollte nur ihre Enttäuschung zum Ausdruck bringen, aber Hendriksen sah darin einen Befehl und dachte sofort an die Steinmauer im Keller, sollte er versagen.

Vier Tage waren vergangen.

Gräfin du Bois stand im blauen Salon und wartete auf Sophie wegen einer bevorstehenden Wohltätigkeits-Veranstaltung. Wieder einmal wurde Sophie unfreiwillig Zeugin eines Gespräches, als sie verspätet dazu kam.

Du Bois: „Das ist doch aber immer noch nicht Euer Ernst, dieses Kind als Kaiserin, die ist doch noch grün hinter den Ohren!"

Oberst Donkervoort: „Gnädige Frau, dafür gab es eine Kommission und die hat einstimmig entschieden!"

Gräfin: „Dieses Gör, das geht doch überhaupt nicht. Ich hoffe doch, dass da die richtigen Leute im Hintergrund die Fäden ziehen."

Donkervoort: „Dazu kann ich nichts sagen!"

Sophie war ärgerlich. Sie kam hinzu: „Gräfin, haben Sie überlegt, dass jemand ihr Gerede hören könnte, ich zum Beispiel?"

Gräfin: „Und wenn schon, ich steh' dazu. Kleine Kinder haben an der Spitze eines Imperiums nicht zu suchen und sollten besser spielen gehen!"

Sophie: „Sie trauen mir diese Aufgabe also nicht zu?"

Gräfin: „Kindchen, deine Aufgabe ist es dem Kaiser ein Kind zu schenken und ansonsten hübsch zu sein und die Schnauze zu halten und na gut, diese Aufgabe traue ich dir zu!"

Sophie: „Was?"

Gräfin: „Und bilde dir nicht ein, dass dich irgendjemand bei einer Benefiz-Veranstaltung für voll nimmt!"

Donkervoort: „Gräfin, ich denke, es genügt!"

Gräfin: „Nein, ich denke, sie sollte wissen, in was sie da geraten ist!"

Sophie rang um Fassung: „Gräfin, ich bin Ihnen wohl zu Dank verpflichtet!"

Gräfin: „Mach was du meinst, Kindchen. Ich werde mit General Williams sprechen, wie diese unhaltbare Situation zu ändern ist!"

Sophie: „Ändern? Ah, verstehe, Sie wollen mich hier raus haben und eine andere Kaiserin."

Die Gräfin winkte ab und ging in Richtung des Ausgangs.

Sophie: „Ich rede noch mit Ihnen!"

Keine Reaktion.

Donkervoort: „Soll ich sie aufhalten?"

Sophie: „Ja!"

Er gab einem Leibgardisten ein Zeichen, welcher sofort sein Gewehr nahm und der Gräfin ins Knie schoss, welche dann schreiend zusammenbrach.

Sophie nahm die Hand vor den Mund und schrie kurz erstaunt.

Donkervoort: „Mann, die Frau hat Schmerzen, tun Sie was!"

Leibgardist: „Sie haben Recht, Sir!"

Er nahm sein Gewehr und schlug der Gräfin mit dem Kolben auf den Hinterkopf, so dass sie bewusstlos war.

Sophie hatte immer noch die Hand vor dem Mund. Es schien der Gräfin nicht so gut zu gehen, denn auch aus dem Kopf floss jetzt ein wenig Blut. Der Leibgardist stand wieder stramm: „Majestät, sollen wir sie wegschaffen oder medizinisch betreuen?!"

Donkervoort sah, dass Sophie noch geschockt war: „Erst einmal medizinisch betreuen!"

Ein zweiter Leibgardist mischte sich ein: „Sir, wir sollten sie jedoch möglichst schnell hier weg schaffen, denn das Blut dringt bereits in die Parkettritzen ein und das ist nicht gut für den Boden!"

Sophie schaute auf und brachte es nur noch fertig zu nicken.

Oberst Donkervoort ging zu den beiden Leibgardisten und koordinierte alles Weitere. Die Leibgardisten beeilten sich, Gräfin du Bois hinaus zu schaffen.

Oberst Sanchez kam hinzu: „Probleme? Ah, ich sehe schon!"

Sophie: „Sanchez, was sind denn das für gefühllose Geschöpfe!"

Sanchez: „Sie haben nur den einen Job, Sie zu beschützen, um jeden Preis! Ihr Wort ist deren Gesetz!"

Sophie: „Haben die denn kein Gewissen?"

Sanchez: „Nein, das hat man ihnen abtrainiert!"

Sophie: „Ernsthaft? Man kann Gewissen abtrainieren?"

Sanchez: „Fragen Sie besser nicht!"

Sophie: „Ich muss hier raus!"

Sanchez: „ Sehr wohl, soll man Ihnen etwas bringen?"

Sophie: „ Machen Sie Witze? Ich würde mich jetzt am liebsten übergeben!"

Sanchez: „Dafür ist jetzt keine Zeit, General-kommandant van Doorn ist in der Bibliothek und wartet auf Sie, es geht um die bevorste-hende Reise!"

Sophie: „Van Doorn? Ja, genau den will ich jetzt sehen!"

Sophie ging schnellen Schrittes in die Biblio-thek und stellte sich gleich dort angekommen, die Hände in die Hüften gestemmt, vor van Doorn. Ihr Rock wehte noch etwas hin und her.

Sophie: „Stimmt das? Bin ich hier nur eine Ma-rionette?"

Van Doorn guckte zu Sanchez, welcher nur mit den Achseln zuckte.

Sophie: „Raus damit!"

Van Doorn: „Majestät, Sie sind die Kaiserin! Wenn Sie eine Marionette wären, dann nur, weil Sie sich selber dazu gemacht hätten oder haben lassen!"

Sophie: „Wie?"

Van Doorn: „Sie sind die Kaiserin! Sie stehen an der Spitze eines Staates, des Staates, Ihnen stehen alle Wege offen!"

Sophie: „Alle Wege offen?"

Kapitel 5

Die Reise

Am nächsten Tag standen Oberst Sanchez und Generalkommandant van Doorn an der Landeplattform am Nordflügel des Palastes bereit.

Ein Kürassier kam aus dem Palast über die etwas höher gelegene ovale Plattform zu den beiden Offizieren und salutierte: „Meine Herren, wie kündige ich die Kaiserin denn nun künftig an?"

Van Doorn: „Ich verstehe die Frage nicht, Oberrittmeister?"

Sanchez: „ Ich schätze, so wie immer!"

Oberrittmeister: „Na gut, dann: IHRE MAJESTÄT, DIE KAISERIN!"

Sophie kam in einer Offiziersuniform auf die Landeplattform. Reiterstiefel, beige Hose, die blaue Offiziersjacke mit den silbernen Knöpfen, der dunkle Rolli, die schwarzen Lederhandschuhe, Koppel und Schulterriemen. Am Kragen und auf dem Schulterriemen hatte sie eigens entworfene Rangabzeichen befestigt.

Van Doorn: „Ah Rittmeister, jetzt verstehe ich!"

Sollte man sich nun verbeugen oder salutieren? So genau wusste das nun keiner. Man entschied sich für das Verbeugen.

Sophie: „Nun meine Herren, brechen wir auf, es gilt ein Reich zu verwalten!"

Die Fähre hob ab und flog zum Flaggschiff der 20. Flotte, der KENSINGTON.

Van Doorn nutzte die Gelegenheit auf dem Flug und setzte sich neben Sophie: „Darf ich eine Frage stellen?"

Sophie: „Raus damit!"

Van Doorn: „Was wird das?"

Sophie: „Ich füge meiner schulischen Ausbildung den Part der absoluten Herrscherin hinzu."

Van Doorn: „Als Ausbildung? Wer sind Ihre Lehrer?"

Sophie: „Ich fürchte, Sie alle hier und natürlich muss ich mir einen Teil selbst beibringen!"

Van Doorn: „Wie ist ihre Uniform legitimiert?"

Sophie: „Reichsjustiziar von Bülow ist mit der Aufgabe betraut worden!"

Van Doorn: „Wissen die Generäle und der Kaiser Bescheid?"

Sophie lächelte: „Werden sie früh genug, naja, und dem Kaiser wird das egal sein!"

Van Doorn: „Ach ja, der Kaiser. Die Welt setzt ja große Hoffnung auf einen Thronfolger, was sag ich die Welt, die Galaxie, und wie drück' ich mich aus ..."

Sophie drehte sich um und guckte van Doorn mit einem durchdringenden Blick direkt in die Augen: „Ja, was?"

Van Doorn: „Majestät machen mich verlegen, wie sag ich es? Kommen Sie ihren ehelichen Verpflichtungen nach?"

Sophie grinste: „Der Kaiser und ich haben ein interessantes sexuelles Verhältnis, nämlich keines."

Van Doorn: „Aber ist das nicht Ihre ..."

Sophie: „Pflicht?! Ja, ist sie wohl. Aber andererseits sagt man mir bei jeder Gelegenheit, dass ich die Kaiserin bin und so gesehen habe ich keine Pflichten mehr, wenn man so möchte!"

Van Doorn: „Ich bin sprachlos!"

Sophie: „Das glaub' ich nie, SIE und sprachlos. Aber sie haben noch gar nicht gesagt, wie mir die Uniform steht und nicht lügen!"

Van Doorn: „Sie sehen würdevoll aus!"

Sophie: „Nur würdevoll?"

Van Doorn: „Nein, nicht nur, auch atemberaubend!"

Sophie lächelte und fuhr ihm mit der Hand leicht über die Wange. Van Doorn musste tatsächlich etwas schlucken. Die Beiden sahen sich etwas länger intensiv in die Augen. Keiner sagte etwas.

Oberst Sanchez kam hinzu: „Majestät, wir docken jetzt an!"

Sophie: „Danke, Oberst!"

Van Doorn stand auf und ging nach hinten zu dem Oberrittmeister: „Sie passen mir besonders gut auf die Kaiserin auf?!"

Oberrittmeister: „Ja Sir, das ist mein Job!"

Van Doorn: „... und der wird in nächster Zeit nicht leichter, fürchte ich!"

Sophies Fähre flog den Landeschacht entlang und kam an dessen Ende zum Stehen. Ihr erster großer Auftritt, etwas mulmig war ihr schon.

Das Landungstor öffnete sich, Oberst Sanchez kam: „Majestät, es ist soweit!"

Sophie stand auf und rückte sich Uniformjacke, Gürtel und Haare zurecht. Die neuen Diamantohrringe machten sich ganz gut zu dem dunklen Rolli.

Sie trat in die Tür zum Hangar. Eine Delegation stand zu ihrem Empfang bereit. Der Kapitän und die ersten drei Offiziere standen ganz vorn. Die Nationalhymne ertönte. Die letzten Male stand sie immer etwas verunsichert da und wusste nicht, was sie während der Hymne so machen sollte, aber nun hatte sie sich von van Doorn abgeguckt, dass man eine sehr lange und intensive Zeit damit verbringen konnte, sich in beeindruckender Weise die schwarzen Lederhandschuhe anzuziehen, was sie nun auch in der Tür stehend machte.

Kapitän: „Majestät, willkommen an Bord der

KENSINGTON, ich bin Kapitän Roberts, der Palast hat mich informiert, dass Sie es wünschen, bei dieser Militäraktion dabei zu sein!"

Sophie: „Ja, und danke, Kapitän." Sie ging ziemlich nah an Kapitän Roberts heran und zeigte mit ihrem vom Lederhandschuh verdeckten Zeigefinger aus nächster Nähe in dessen Gesicht: „… und Sie werden mich genau informieren, was hier läuft, haben wir uns verstanden?!"

Roberts: „Selbstverständlich, Majestät!"

Sophie: „Schön!"

Sie ging an den anderen Offizieren vorbei, ohne diese zu begrüßen.

Sanchez und Roberts schauten sich noch einen Moment wortlos an und folgten dann der Kaiserin, welche zielstrebig Richtung Brücke aufbrach.

Sanchez: „Das Quartier für Ihre Majestät ist vorbereitet?"

Roberts: „Ja, aber ich glaube kaum, dass sie das jetzt nutzen will!"

Sanchez: „Was für eine Mission ist das hier?"

Roberts: „Wir schlagen einen Aufstand von Außerirdischen der Kategorie 3 nieder!"

Sanchez: „Oh mein Gott, so etwas hat die Kaiserin doch noch nie gesehen!"

Roberts: „Haut sie das etwa um?"

Sanchez: „Hm, wird sich zeigen!"

Auf der Brücke angekommen, begab sich Sophie sofort zu dem Sichtfensterraum. Jetzt, in Uniform, hatte sie schon eher das Gefühl, dazuzugehören.

Roberts: „Majestät, wir sind nun im Orbit von Delta 554, meine Herren und Damen, Uhrenvergleich … 17:09 Uhr … Major, beginnen Sie!"

Sophie: „Beginnen? Womit?"

In dieser Sekunde feuerten die schweren Geschütztürme von einigen hundert Schlachtschiffen in Richtung des Planeten. Überall sah man die Einschläge. Einzelne Raumschiffe, egal ob Kriegsschiff oder Transporter, die von der Oberfläche aufsteigen wollten, wurden erfasst und zerstört. Was die Geschütztürme nicht erwischten, erledigten die zusätzlich durch den Raum schwirrenden Jäger, die sich auch teilweise bis auf den Planeten hinunter wagten, um wild um sich zu schießen.

Roberts: „So, das dauert jetzt, Majestät, Oberst Sanchez, die Herren und Damen, darf ich zu einem Kaffee …", mit einem Seitenblick zu Sophie „… oder einer Milch in das Casino bitten!"

Sanchez: „Sehr gerne!"

Sophie nahm Sanchez kurz zur Seite: „Was heißt: ‚das dauert'?"

Sanchez: „Das bedeutet, dass unsere Schiffe jetzt solange weiter schießen, bis da unten keiner mehr am Leben ist."

Sophie: „Keiner?"

Sanchez: „Keiner!"

Roberts: „Gibt es ein Problem, Majestät?"

Sophie: „Nein, nein, alles in bester Ordnung."

Roberts: „Sie sehen aber etwas blass aus!"

Sophie: „Das… das täuscht!"

Sanchez: „Möchten Majestät morgen an der Säuberungsaktion direkt vor Ort teilnehmen?"

Sophie: „Das heißt unten auf dem Planeten?"

Roberts rollte mit den Augen: „Natürlich, Majestät!"

Sophie hüstelte: „Aber klar!"

Roberts: „Gut, wenn`s denn sein muss!"

Mit einem abfälligen Gesicht wandte sich Roberts ab.

Sophie schaute schüchtern zu van Doorn herüber.

Das Flächenbombardement dauerte die ganze Nacht. Wo man gerade dabei war, hatte man den Nachbarplaneten gleich mit bombardiert, damit die Einwohner dort nicht auch auf die Idee kommen sollten, sich gegen das Kaiserreich aufzulehnen.

Am nächsten Morgen saß die Kaiserin in ihrer Uniform mit in einem der Landungsshuttles.

Der Kommandant der mobilen Infanterieeinheiten guckte etwas skeptisch und ging gestikulierend zum Kapitän, welcher ebenfalls dabei war.

Das Tor öffnete sich. Sofort liefen die Infanteristen heraus und schossen auf alles, was sich bewegte. Einige hundert Landungsfähren waren gelandet. Geschwind wurde ein Landungspunkt errichtet, von dem aus die Kaiserin und ihre Offiziere alles begutachten konnten.

Kapitän Roberts: „Dort drüben befindet sich die Hauptstadt und da (große Explosion), naja, da befand sich das religiöse Zentrum."

Sanchez: „Besitzen die hier denn eine nennenswerte Gegenwehr?"

Roberts: „Das wird sich zeigen, deshalb bin ich der Meinung, dass das hier kein Ort für kleine … ich meine, für die Kaiserin ist!"

Sophie: „Roberts!"

Roberts: „Kapitän Roberts, Majestät!"

Sophie: „Sie gehen mir gehörig auf die Nerven, das ist ja nun mal klar, Sergeantmajor!"

Der Kommandant der mobilen Infanterie kam hinzu: „Majestät?!"

Sophie: „KAPITÄN Roberts möchte uns zeigen, wie er mit diesem Volk fertig wird!"

Sergeantmajor: „Ich verstehe nicht!"

Roberts: „Ich leite hier den Angriff, ich weiß nicht, worauf Sie anspielen wollen, ich habe schon Schlachten geschlagen, da haben Sie noch in die Windeln gemacht!"

Sophie wurde laut: „Ihre Arroganz ist so was von, ach, was reg ich mich auf. Sergeantmajor, nehmen Sie den Roberts mit, er ist ab jetzt einfacher Soldat, packen Sie ihn in die erste Welle und zwar da, wo es gefährlich ist!"

Alle guckten sie an. War sie vielleicht zu weit gegangen?

Stille

Sergeantmajor: „Trooper Roberts, folgen, aber zack zack!"

Sanchez: „Ja, Trooper Roberts, vergessen Sie nicht, ihre Rangabzeichen beim Leutnant abzugeben!"

Er drehte sich zu einem der Offiziere: „Informieren Sie Major deLors, dass er ab sofort der Kapitän ist!"

Roberts warf der Kaiserin noch einen ernsten Blick zu und folgte dann dem Sergeantmajor.

Sanchez: „Ich hoffe, ich werde nicht auch einmal eine so schnelle Degradierung erfahren!"

Sophie lächelte zu Sanchez: „Also, immer schön artig bleiben!"

Ein Major kam hinzu: „Dort drüben nähert sich eine Gruppe Einheimischer!"

Sergeantmajor: „Befehle?!"

Sophie: „Was ist die übliche Verfahrensweise?"

Sergeantmajor: „Wir erschießen sie, Majestät!"

Sophie: „Na, dann los!"

Er nickte und die Gruppe, bestehend aus Flüchtlingen, Frauen und Kindern, wurde niedergeschossen.

Major: „Erledigt!"

Ein weiterer Major kam hinzu: „Etwas zu trinken, Majestät?"

Sophie hätte sich am liebsten übergeben, so viel Brutalität hatte sie gebündelt noch nie erlebt, aber jetzt in dieser Situation Schwäche zu zeigen, das würde diesen Blauröcken so passen. Ihr wurde schlagartig klar, dass SIE nun die oberste Befehlshaberin dieser grausamen Armee war und dementsprechend müsste sie allen vorangehen können.

Sie versuchte, ihre Mimik einzufrieren und nickte dann dem Major zu.

Sie war zwar schon ziemlich blass, dennoch lächelte sie: „Einen Sekt, Major!"

Die Getränkewahl erschreckte selbst die Offiziere.

Sanchez: „Gibt es etwas zu feiern?"

Sophie wusste, dass es jetzt auf sie ankam, wenn sie die Offiziere an sich binden wollte, so dass niemand mehr über sie lachen würde, also holte sie tief Luft: „Ja, Oberst, wir wollen hoffen, dass Trooper Roberts nicht aus dem Getümmel zurückkehrt!"

Der Major drückte ihr ein Glas Sekt in die Hand, welches sie den Offizieren zu prostete: „Auf dass er fällt!"

Sanchez: „Meine Herren, auf dass er fällt!"

Major: „Hört, hört!"

Sophie drehte sich zu dem Major um und sagte: „Und Sie, mein Lieber, sorgen mir dafür, dass dieser Wunsch nicht nur ein Wunsch bleibt!"

Der Major salutierte und ging in Richtung des Schlachtgetümmels, in welchem sich der ehemalige Kapitän Roberts befand, welcher zehn Minuten später Geschichte war.

Sophie schaute noch eine ganze Weile der Säuberungsaktion zu, ihr war wirklich schlecht, aber sie wollte ein Zeichen setzen. Sie war froh, dass sie ihre Handschuhe trug, denn ihre Hände waren durchgeschwitzt. Erst gegen Abenddämmerung zog sie sich auf das Schiff zurück.

Später dort angekommen, setzte man sich noch in das Offizierscasino.

Sanchez: „Einen Toast auf den neuen Kapitän dieses Schiffes!"

Alle hoben ihre Gläser.

Kapitän deLors: „Majestät, wir dürften morgen mit dem Gröbsten abgeschlossen haben, dann können die Baumaschinen kommen und alles neu anlegen!"

Sophie: „Morgen schon?"

Sanchez: „Ich halte das für akzeptabel!"

Sophie: „Effektiv, das muss ich schon sagen!"

De Lors: „Und wieder ein Planet im Namen seiner Majestät gesäubert, Gott schütze den Kaiser!"

Alle riefen: „Gott schütze den Kaiser!"

Sophie stand auf und verabschiedete sich in ihr Quartier, Gott schütze den Kaiser, wieso das? Der machte doch gar nichts mehr. Darüber musste sie nachdenken. Es half nichts, der oberste Justiziar musste her. Sie bestellte ihn in der Nacht noch für die nächste Woche in den Palast. „Das war schon alles harter Tobak heute, so etwas machen die hier also den ganzen Tag.", ging es ihr durch den Kopf. Das musste sie erst einmal verdauen. Die „Gott schütze den Kaiser"-Sache ärgerte sie, es ärgerte sie auch, dass sie immer ihre Adjutanten irgendetwas fragen musste. Es war ein Tag, den sie lieber aus ihrem Leben gestrichen hätte, die Tage des kleinen Mädchens waren nun endgültig vorbei. Dies mussten jetzt aber auch nun noch die anderen begreifen, alle, die sie nicht für voll nahmen. Zudem durfte Sie sich nicht anmerken lassen, dass sie das ganze Elend auf dem Planeten, das ganze Töten, ziemlich mitnahm. Ihr Reich baute auf solche Menschen auf. Es ärgerte sie zudem, dass sie mit der ganzen Sache allein da stand. Sie hatte das Gefühl, dass sie sich niemandem anvertrauen konnte. „Oh je, wenn Mama und Papa davon hören, sind sie entsetzt, und Oma erst.", dachte sie und zerbrach sich den Kopf, was ihre Familie wohl über diese Sache sagen würde und sie, die kleine Tochter, mittendrin, nein, sogar führend. Darüber wollte sie lieber nicht nachdenken, besser ein anderes Mal.

Es ärgerte sie so viel, dass sie bestimmt nicht würde schlafen können. Sie drückte den Knopf zur Ordonnanz: „Ich hätte gern eine Flasche Rotwein oder bin ich zu jung dazu?"

Ordonnanz: „Nein, Majestät, Sie sind die Kaiserin!"

Sophie: „Ach ja, stimmt, dann her damit!"

Die Ordonnanz brachte sogleich eine Flasche. Sophie trank ein Glas und dann noch eins. Van Doorn fiel ihr ein. Der war doch an Bord und vielleicht könnte man mit dem reden, der war immer so anders zu ihr. Besonders, nett sind ja alle, aber dieser van Doorn, der war, sie wusste auch nicht, aber besonders. Naja, er war aber zu alt, dachte sie, aber dann bekommt sie ja immer wieder gesagt, sie sei die Kaiserin, sie könne machen, was sie wolle und George war tot, ihr Mann ist noch viel, viel älter. Zudem fühlte sie sich sehr einsam. „Ach, was soll`s", sagte sie sich. „Ich besuche den jetzt." Aber mit einer angebrochenen Flasche konnte sie da nicht hin gehen, wie sehe das aus. Sie hauchte in ihre Hand, „Hab ich eine Fahne? Oh je." Sie ging in ihr Badezimmer und putze sich schnell die Zähne, warf dann einen Blick in den Spiegel, „Hm, ja, Haare offen, ist immer gut. Dann schnell noch bei der Ordonnanz eine neue Flasche bestellen. Was zieh' ich an?" Sie dachte nach. Sie musste ja noch durch das halbe Schiff laufen.

Sie entschied sich für die Uniformjacke, allerdings ohne den Rolli darunter. Den obersten Knopf offen, ja, das könnte gehen. Die Flasche kam, sie nahm zwei Gläser aus der Bar und ging die Korridore des Schiffes entlang zu van Doorns Quartier. Ihre Wachen schickte sie weg. Sie war doch ein wenig aufgeregt, rückte sich zurecht, hüstelte ein wenig, nahm Flasche und Gläser auf den Rücken und klingelte an der Tür des Quartiers.

Van Doorn öffnete: „Ah, Majestät, gibt es noch etwas Wichtiges?"

Sophie holte gerade aus und wollte los reden, da sah sie im Hintergrund auf dem Bildschirm Frau van Doorn: „Oh, Generalkommandant, Sie sprechen gerade mit Ihrer Frau?"

Van Doorn: „Ja, Majestät!"

Sophie: „Naja, dann komme ich morgen wieder, das hat dann Zeit!"

Van Doorn: „Das ist sehr umsichtig von Ihnen, danke!"

Sophie: „Ich geh' dann mal!"

Van Doorn: „Gute Nacht, Majestät!"

Die Tür schloss sich wieder und van Doorn ging zurück zu seinem Comgerät und sagte zu seiner Frau: „Also, läuft alles auf eine Trennung hinaus!"

Sophie wankte den Gang entlang. Nicht einmal das klappte. Obwohl der van Doorn schöne Augen hatte, aber was soll`s. Einem zufällig vorbei kommenden Matrosen drückte sie den Wein und die Gläser in die Hand. Ihr war nicht mehr nach Alkohol. Sie ärgerte sich wieder, nach einem kleinen Anflug von aufkommendem Glück war alles wieder wie vorher. Ja sollte sie denn nur noch im Palast versauern und arbeiten?

Vor ihrem Quartier stand ein Wachoffizier. Sophie schaute sich den Mann genauer an: jung, knackig, naja und sie war die Kaiserin. Sie musterte ihn und sagte dann nur noch: „Mitkommen!"

Am nächsten Morgen ließ sie ihr Frühstück direkt am großen Sichtfensterraum neben der Brücke servieren. Sie wollte das abschließende Bombardement mit ansehen. Alle Offiziere sollten mitbekommen, dass sie es nicht mit der Angst bekommen hatte. Sie war die Kaiserin und in diesem Moment beschloss sie, das mit Leben zu füllen. Sie verzog keine Miene und aß genüsslich ein Brötchen. In Wahrheit zwängte sie es sich hinunter, da sie noch immer nicht glauben konnte, dass man hier in ihrem Namen ein Volk auslöschte.

Sie bekam mit, dass der Offizier, welcher letzte Nacht bei ihr war, im Gang mit einem anderen Offizier tuschelte und dass beide zu ihr herüber sahen. Sie hatte ihn doch gebeten, das für sich zu behalten. Sie wurde wieder ärgerlich und holte Oberst Sanchez zu sich: „Oberst, die beiden Wachen dort sind mir zu lästig!"

Sanchez: „Majestät, ich verstehe nicht!"

Der eine lachte leise, Sophie wurde immer ärgerlicher.

Sophie: „Steht heute noch eine Bodenoffensive an?"

Sanchez: „Ich denke ja, wieso?"

Sophie: „Schicken Sie die beiden mit, erste Reihe!"

Sanchez: „Wird erledigt!"

Sie bekam mit, dass Sanchez zu Kapitän deLors ging und ihm das mitteilte, welcher dann sofort zu den beiden Soldaten ging. Beide wurden kreideweiß. Ihr Nachtgefährte guckte zu Sophie hinüber, er wollte Blickkontakt aufbauen, sie jedoch starrte angestrengt aus dem großen Sichtfenster.

Kapitän deLors kam: „Majestät, es sind zwei meiner besten Offiziere, ich muss protestieren!"

Sophie: „Erstens gewesen und zweitens abgelehnt!"

Sie drehte sich um und schaute deLors direkt ins Gesicht: „Oder wollen Sie gleich mit?!"

DeLors erschrak: „Nein, nein, natürlich nicht Majestät!"

Sophie schaute sich um, die ganzen stolzen, eben noch lachenden Kerle guckten sie nun an wie kleine Schuljungen: „Ach ja, Kapitän, der rechte da, ich möchte, dass er unbewaffnet in den Kampf zieht!"

Alle Gespräche stockten. DeLors schaute Hilfe suchend zu Sanchez, welcher nur sagte: „Sie haben die Kaiserin gehört!"

Sophie drehte sich wieder um, winkte mit der rechten Hand die Leute von sich weg und schaute wieder ins All und auf den Planeten. Sie zog sich ihre Lederhandschuhe ganz fest an, denn irgendwie musste sie sich abreagieren und niemand sollte ihre Tränen sehen.

Van Doorn betrat die Brücke und gesellte sich zu Sanchez. Er sah die etwas sonderbare Stimmung in den Gesichtern der Mannschaft und fragte sogleich Oberst Sanchez: „Probleme?"

Sanchez: „Das weiß ich noch nicht!"

Nach dem Bombardement und dem immer geringer werdenden Anzeichen von Leben auf dem Planeten, stand Sophie auf und erteilte dem Kapitän den Befehl, so weiter zu machen und ihr einen detaillierten Bericht in den Palast zu schicken!

Sie ließ ihre Raumfähre kommen und flog mit ihrem Tross nach Hause.

Kapitel 6

Macht Übernahme

Tage später im Palast.

Sophie stand im Innenhof und eine Raumfähre landete. Der oberste Justiziar des Reiches, Generalmajor von Bülow, kam hinaus und verbeugte sich vor ihr.

Von Bülow: „Majestät, ich bin beglückt, Euch sehen zu dürfen!"

Sophie: „Danke Generalmajor, gehen wir ein Stück in den Park!"

Von Bülow: „Sehr wohl, in den Park!"

Sie schickte die Wachen weg und die beiden schlenderten durch das große Heckenlabyrinth, welches immer wieder von Springbrunnenspielen unterbrochen wurde.

Sophie: „Sie haben mein Schreiben erhalten?"

Von Bülow: „Etwas ungewöhnlich, heutzutage einen Brief zu bekommen, aber die Brisanz der Situation erklärt das!"

Sophie: „Ich habe die letzten Tage daran gearbeitet, Generalkommandant Scott vom Geheimdienst ist auf meiner Seite. Ich konnte sogar General Schneider für mich gewinnen."

Von Bülow: „Wie das?"

Sophie: „Wenn wir Williams eins auswischen können und er seine Privilegien behält, ist er dabei!"

Von Bülow: „So leicht?"

Sophie: „Hätte ich auch nicht gedacht."

Von Bülow: „Ich habe alle rechtlichen Voraussetzungen geschaffen. Sie müssen jetzt nur noch den Kaiser und das Volk informieren!"

Sophie: „… und General Williams!"

Von Bülow: „Von jetzt an ist er nur noch einer Ihrer Soldaten. Sie sind jetzt das militärische Oberhaupt."

Sophie: „Das verdaut der nicht!"

Beide lachten.

Sophie: „Ich werde Maximilian das heute beim Abendessen erzählen und General Williams kommt gleich danach her!"

Von Bülow: „Das möchte ich nicht verpassen, darf ich dabei sein?"

Sophie: „Gerne, kommen Sie nach dem Abendessen in das alte Arbeitszimmer von Kaiser Konrad!"

Von Bülow: „Kluger Schachzug, das alte Arbeitszimmer! Majestät, ich glaube, man hat Sie unterschätzt!"

Sophie lächelte: „Danke, das denke ich auch!"

Von Bülow: „Man hört ja bereits Unglaubliches von Ihnen, bezüglich der letzten Mission."

Sophie: „Erzählen Sie!"

Von Bülow: „Sie, Majestät, sollen mit unvorstellbarer Grausamkeit gegen das Volk der Delta 554ianer vorgegangen sein. Selbst das Leben Ihrer Offiziere war Ihnen egal, Kapitän Roberts, eine Legende unter den erfahrenen Kapitänen haben Sie einfach so in den Tod geschickt. Ich hatte ja keine Ahnung, dass Sie so hart sein können!"

Sophie erschrak, SIE sollte hart sein? Sie schaute einen Moment lang zu einem der Springbrunnen: „Generalmajor, das macht die Runde?"

Von Bülow: „Es war sogar schon Thema in einer Politshow!"

Sophie: „Na gut, dann machen wir weiter, wie besprochen, ich werde jetzt die Schärpe beim Schneider abholen."

Von Bülow verbeugte sich und ging. Sophie wurde ganz flau in der Magengegend. Jetzt hielt man sie tatsächlich für hart?

Maximilian saß wie immer am Kopfende der langen, mit zwei Silberleuchtern bestückten Tafel und aß bereits. Hinter ihm standen wie immer zwei Bedienstete und an der Seite vier weitere Diener.

Sophie kam hinzu und setze sich an das andere Kopfende, wie immer von beiden keine Begrüßung. Flott nahm sie ihre Serviette hinunter und sagte entschlossen zum Diener, dass sie den Truthahn nehmen werde. Ein weiterer Diener kam hinzu und wollte ihr einen Wein einschenken, was sie jedoch ablehnte und dann lieber ein Wasser nahm.

Wie gewohnt ging diese Szene weiter.

Sophie legte ihr Besteck zur Seite: „Alle raus!"

Kurzes Schweigen, selbst Maximilian schaute auf.

Sophie: „Nicht gehört, alle raus, Du, Maximilian, natürlich nicht!"

Alle verließen umgehend etwas verunsichert den Speisesaal. Maximilian hörte auf zu essen und schaute diesem Treiben ungläubig hinterher.

Sophie: „Ich sag es dir am besten gleich, kurz und knapp! Ich werde die Regierungsgeschäfte übernehmen. Das Reich wird auf mich eingeschworen und den Militäroberbefehl nehm ich Dir auch noch ab! Du bleibst Staatsoberhaupt, aber nicht mehr! Tut mir Leid!"

Maximilian lehnte sich zurück, verschränkte die Arme und grinste: „Ich sehe, du trägst Uniform, hm, schick, das steht Dir!"

Sophie erwiderte leicht verlegen: „Danke."

Maximilian: „So, du willst das also wirklich wagen. Du stellst Dich in die Arena der arroganten blauen Herren und Damen?! Respekt! Ich hoffe, Du hast keine revolutionären Ideen!"

Sophie: „Nein, ich möchte nur etwas Ordnung da hinein bekommen!"

Maximilian: „Na, hoffentlich bringen die Dich nicht um!"

Sophie: „Ha, ja, daran hab ich auch schon gedacht, aber da muss ich eben nur schneller sein!"

Maximilian: „Ich glaube, Du kannst das schaffen, ja, ich glaube Du kannst das!"

Sophie: „Danke, Maximilian. Das war das längste Mal, dass Du mit mir gesprochen hast!"

Er lehnte sich wieder nach vorne und begann weiter zu essen: „Mach Sie fertig, mein Mädchen!"

Sophie stand auf und ging an das andere Ende der Tafel, gab Maximilian einen Kuss auf die Wange und verließ den Speisesaal.

Draußen auf dem Flur traf sie Oberst Sanchez, welchen sie gleich mit in ihr Arbeitszimmer nahm: „Kommen Sie, wir haben zu tun!"

Sanchez guckte etwas verwirrt hinter der neuen roten Schärpe her, ging dann aber sofort mit: „Was haben wir zu tun, Majestät? Steht heute nicht die Eröffnung des Kinderheims in London auf dem Programm?"

Sophie: „Nein, lassen Sie mich künftig mit solchem Unsinn in Frieden! Wir bereiten eine Rede an die Nation vor!"

Sanchez: „An die Nation, soso, und was soll da drin stehen und wer soll die halten und wieso überhaupt wir?"

Sophie: „Weil wir jetzt das Sagen haben! Ich möchte in fünf Tagen sprechen, die Rede finden Sie bereits in Ihren Dateien, ach ja, und ich möchte General Schneider sprechen."

Sie blieb stehen und schaute Sanchez direkt an: „… und wenn ich meine, ich möchte ihn sprechen, dann in zwei Stunden und zwar hier im Palast ohne Widerrede!"

Sanchez: „Natürlich, Majestät!"

Oberst Donkervoort kam ihnen entgegen: „Majestät, General Williams ist, wie besprochen, auf dem Weg hierher und er ist ungehalten, warum er jetzt so schnell herkommen sollte."

Sophie: „Aber das ist mir doch egal, was den interessiert oder wie es dem geht, ich denke, ich werde ihn im alten Arbeitszimmer empfangen!"

Donkervoort: „Da saß zuletzt Kaiser Konrad vor 100 Jahren drin!"

Sophie: „Ich weiß, das wird Williams ärgern! Also hin da und von Bülow soll auch hinkommen!" Sie eilte voraus.

Sanchez zu Donkervoort: „Da haben wir uns ja was eingebrockt!"

General Williams landete. Oberst Sanchez empfing ihn an der üblichen Landestelle im Innenhof und beide gingen in den großen Flur in Richtung des Thronsaals.

Williams: „Was hat die Kleine denn für Sorgen und was geht mich das pubertierende Gehabe an?"

Sanchez: „Ihre Majestät haben Neuigkeiten!"

Williams: „Hoffentlich ist sie endlich schwanger, dann haben wir diese Farce auch bald hinter uns."

Beide gingen an den Gemächern der Kaiserin vorbei und steuerten das alte Arbeitszimmer an.

Williams: „Wo gehen wir denn hin?"

Sanchez: „Kaiserin Sophie hat die Arbeit im alten Arbeitszimmer von Kaiser Konrad aufgenommen."

Williams: „Arbeit? Welche Arbeit?"

Beide kamen in dieser Minute bei dem Arbeitszimmer an. Zwei Kürassiere mit Hellebarden bewaffnet, schlugen die Hacken zusammen und öffneten die große Doppeltür zu dem hohen Arbeitszimmer, mit ringsherum im Kreis angeordneten Bücherregalen, welche in die Wand eingearbeitet und nach oben mit Rundbögen versehen waren. Große, goldene Säulen trennten jedes der 40 Regale voneinander. In der Mitte stand ein riesiger, verzierter Eichenschreibtisch, an welchem Kaiserin Sophie in Uniform und roter Schärpe saß. Generalmajor von Bülow war ebenfalls im Raum und saß in einem der etwas abseits stehenden Ledersessel und hielt eine Tasse Kaffee in der Hand.

Williams: „Was ist denn das für ein Theater, das ist kein Spielplatz hier, ist Ihnen denn nichts heilig? Das ist der Arbeitsraum von Kaiser Konrad!"

Sophie: „Das kann er ja auch gerne bleiben, nur, dass ich jetzt darin arbeite!"

Williams schaute auf die rote Schärpe: „Was soll das sein, entwerfen Sie jetzt hier eine neue Modekollektion?"

Man hörte das Absetzen einer Tasse auf eine Untertasse, beide schauten zu von Bülow, der dann sagte: „Kaiserin Sophie übernimmt ab sofort die Regierungsgeschäfte, sie ist ab jetzt das neue militärische Oberhaupt und symbolisiert durch die neue rote Schärpe das regierende Staatsoberhaupt. Kaiser Maximilian ist jetzt in zweiter Reihe das Staatsoberhaupt und trägt weiterhin die gelbe Schärpe!"

Williams: „Das ist ein Scherz!"

Von Bülow: „Keinesfalls!"

Williams: „Ist das ein Putsch?"

Von Bülow: „Ein Putsch würde bedeuten, dass sich Militärs an die Spitze stellen, hier ist das nur eine rechtlich neu dargestellte Situation. Eine Zivilistin stellt sich nun an die Spitze der Armee und ist nun mehr keine Zivilistin mehr!"

Williams: „Und das bedeutet?"

Sophie: „Dass Sie jetzt das tun, was Ich Ihnen sage und mir gegenüber einen anderen Ton an den Tag legen!"

Williams: „Ich werde protestieren!"

Sophie: „Tun Sie das, gehen Sie auf die Straße, demonstrieren Sie, machen Sie, was Sie wollen!"

Williams: „Ich werde das prüfen lassen. Ich glaube nicht, dass die Offiziere das so einfach hinnehmen. Von einem Kind regiert!"

Sophie: „Prüfen Sie, meckern Sie, ist mir egal!"

Sie lehnte sich zurück in den schweren Ohren-chefsessel: „Aber denken Sie daran, wie es Kapitän Roberts ergangen ist!"

Williams und von Bülow schauten die Kaise-rin erschrocken an.

Williams: „Das wagen Sie nicht!"

Sie beugte sich langsam nach vorn und zeigte mit dem Füller, welchen sie immer noch in der Hand hatte, auf Williams Gesicht: „Stellen Sie mich auf die Probe!"

Williams schwieg, ihm war offensichtlich nicht wohl in seiner Haut.

Sophie: „Dann ist ja wohl alles klar, Sie dürfen gehen!"

General Williams verbeugte sich und ging.

Während er in der Tür stand, rief sie ihm hin-terher: „Williams, nicht vergessen, Ich bin jetzt der oberste Militär!"

Williams schäumte vor Wut, drehte sich aber nicht um und ging weiter.

Ein Schuss hallte durch den Flur. Kurze Auf-regung.

Von Bülow: „Er wird sich doch nicht?"

Sophie:" Nein, so viel Glück haben wir nicht!"

Einer der Kürassiere erschien: „General Williams hat offenbar aus unkontrollierter Wut auf eine Kommode geschossen!"

Sophie schrieb mit ihrem Füller weiter und sagte leise zu sich: „Nein, so viel Glück haben wir nicht!"

Von Bülow: „Sie sind ja wirklich so grausam, wie man sagt!"

Sophie: „Jetzt bin ich schon grausam, vorhin war ich nur hart!"

Von Bülow: „Verzeihung, Majestät, ich wollte nicht ..."

Sophie: „Schon gut, schon gut! Können wir noch den Passus <Gott schütze den Kaiser> auf <Gott schütze die Kaiserin> ändern?"

Von Bülow bekam ganz große Augen: „Das unterliegt ja nicht der Rechtssprechung, das müssen Sie nur anordnen, dann ist das so!"

Sophie: „So einfach?"

Von Bülow: „So einfach!"

Sophie: „Veranlassen Sie das!"

Von Bülow stand auf, verneigte sich und verließ mit einem: „Sofort, Majestät!" den Raum.

Stunden vergingen, Sophie saß noch an ihrem Schreibtisch. Es war spät. Im Schloss war schon weitgehend Ruhe eingekehrt. An dem alten, schweren Schreibtisch brannte nur noch die Schreibtischlampe, die Wachen und Diener hatte Sophie alle bereits aus dem Raum geschickt. Sie war tief in die Akten versunken, die Uniformjacke hatte sie schon aufgeknöpft. Den Kopf stützte sie auf den rechten Arm und in der Hand drehte sie ihren Lederhandschuh.

Unbemerkt stand van Doorn in der Tür: „Majestät, erbitte eintreten zu dürfen?"

Sophie: „Huch? Oh, van Doorn, Sie hier im Palast? Was für eine Überraschung!"

Ihre Augen strahlten, sie freute sich richtig, den Generalkommandant zu sehen.

Van Doorn: „Majestät, ich musste noch den Bericht über die Verhandlungen mit den Begoniern zum Kaiser bringen."

Sophie: „Zum Kaiser, ach so ... aber der schläft doch sicher schon!"

Für einen kleinen Moment hatte sie sich eingeredet, van Doorn könnte ihretwegen gekommen sein, aber dann doch wieder die Ernüchterung.

Van Doorn: „Ja, war vergebene Liebesmüh'! Ich glaube auch nicht, dass ihn die Begonier überhaupt interessieren, geschweige denn, dass er die ansatzweise kennt."

Sophie: „Deswegen mach ich das hier jetzt ja. Einer muss es ja in der Familie machen, sehen Sie?" Sie grinste ein wenig und zeigte auf die rote Schärpe. „Ach, ich mach' hier glaub' ich auch mal Schluss für heute, Generalkommandant, nehmen Sie mit mir noch einen kleinen Abendsnack? Das ist kein Befehl, nur, wenn Sie mögen!"

Van Doorn: „Außerordentlich gerne, Majestät, obwohl man ja so spät nicht mehr essen sollte!"

Sie stand auf, knöpfte sich ihre Jacke zu, faltete fachgerecht ihre langen, braunen Haare, knipste die Schreibtischlampe aus und ging mit van Doorn in den Flur.

Sophie: „Computer ausschalten! Kommen Sie, wir gucken mal in der Küche nach!"

Van Doorn: „Sie gehen selbst in die Küche?"

Sophie: „Ja, sehr oft, manchmal backe ich was in der Nacht, wenn ich nicht schlafen kann und ich kann oft nicht schlafen, viel zu oft! Wonach ist Ihnen? Ich glaube, mir ist nach Eis, ja, ein Vanilleeis ist jetzt genau das Richtige oder Waffeln? Apfelkuchen? Nein, Vanilleeis!"

Van Doorn: „Wir können auch in der Küche eben anrufen, dass die das vorbereiten, bis wir da sind, vergehen ja noch locker fünf Minuten!"

Sophie: „Nun seien Sie mal nicht so unromantisch, das ist doch nicht das Gleiche, schließlich mache ICH uns nun Eis, mit heißen Himbeeren, so, beschlossen!"

Van Doorn: „Wer kann das wohl ablehnen, na dann, auf zu den Himbeeren."

Sie hakte sich bei van Doorn ein, welcher etwas verwundert war, aber sich nichts anmerken ließ. „Wie ich sehe, stimmt das Gerücht um die Machtübernahme, ich bin beeindruckt!"

Sophie: „Bitte heute keine Politik mehr, Sie wissen doch, mein Hassfach!"

Van Doorn: „Ach ja, genau, dann lieber Himbeeren!"

Sophie: „Hoffentlich haben wir überhaupt welche im Haus, neulich war tatsächlich mal was alle, stellen Sie sich das mal vor, in der Küche des Kaiserpalastes des Erdimperiums ist etwas alle und ein armer Leibgardist musste zum Wochenmarkt laufen, die wollten ihm da erst nicht glauben und ihm dann die Sachen nicht verkaufen, dann hatte er ein Problem mit den, ich glaube, es waren Radieschen, durch die Türkontrolle zu kommen, denen hatte keiner Bescheid gesagt...hahahaha, der beste Kontrollapparat des Universums scheitert an einem Bund Radieschen, das hatte schon was Witziges!"

Van Doorn musste schmunzeln, so quirlig hatte er die Kaiserin lange nicht mehr erlebt, sie war so voller Leben auf dem Flur, nicht so, wie man sie in den letzten Monaten erlebt hatte, beinahe so, wie damals in den ersten Tagen im Palast oder auf dem Ball in Wien. Er mochte sie, ihre braunen Augen und der durchdringende Blick zogen ihn immer wieder in ihren Bann, er hätte noch Stunden zuhören können, das war so erfrischend neben dem ganzen Alltag, der Chefdiplomat eines Imperiums, des Imperiums, zu sein.

An der Küche angekommen, stellten sie fest, dass diese leer und nur die Notbeleuchtung an war, was sich beim Betreten des komplett mit Marmorboden ausgelegten Raumes änderte.

Sophie eilte sogleich zu einem der großen Kühlschränke und durchforstete insgesamt drei davon: „Tataaa!! Vanilleeis!"

Van Doorn verschränkte seine Arme und lehnte sich locker an eine Tischkante. Er konnte das Grinsen nicht aus seinem Gesicht bekommen

Sophie wirbelte durch die Schränke und suchte Himbeeren. Tatsächlich wurde sie nach einer Weile auch fündig: „Ha! Himbeeren!"

Sie zog ihre Uniformjacke aus und holte hinter einem der Kühlschränke eine Schürze hervor: „Das ist meine alte aus Wien, die hab ich hier versteckt! Also, Generalkommandant, jetzt mache ich uns mal Himbeeren warm, füllen Sie doch schon mal das Eis in Portionsgläser!"

Van Doorn sah sich um, Portionsgläser? Wo sollte er die denn her kriegen. Sophie sah seinen Hilfe suchenden Blick und zeigte mit dem Holzlöffel, mit dem sie bereits in dem warmen

Kochtopf die Himbeeren umrührte, auf einen Schrank: „Da drüben!"

Van Doorn versuchte sich noch an das Bild „Kaiserin mit Schürze am Herd" zu gewöhnen, er holte aber artig die Schalen aus dem Schrank und portionierte das Vanilleeis.

Sophie: „Ich nehme eine besonders große Portion! So, die Himbeeren müssten warm sein."

Sie servierte die heißen Himbeeren. Beide setzten sich auf den Küchentisch, auf welchem normalerweise Essen angerichtet wurde.

Beide aßen dann genüsslich die ersten Löffel Vanilleeis mit heißen Himbeeren.

Sophie: „Lecker!"

Van Doorn: „Ja, wirklich! Genau das Richtige um diese Zeit!"

Sophie: „Erzählen Sie bloß niemandem, dass Sie mit mir hier Eis gegessen haben, das würde Ihnen ohnehin niemand glauben, man denkt ja im Allgemeinen, ich esse kleine Kinder!"

Van Doorn: „Tun Sie das nicht?? Das überrascht mich!"

Sie boxte ihn an den Oberarm: „Nicht frech werden!"

Beide lachten.

Van Doorn: „Sie können ja lachen!"

Sophie: „Van Doorn, Sie werden ja immer frecher!"

Sie schlug ihn nochmal, diesmal an den Oberschenkel.

Van Doorn: „Verzeihung, das Vanilleeis geht mit mir durch!"

Sophie lachte: „Ach ja, das macht Spaß!"

Van Doorn: „Ich sollte langsam los!"

Sophie: „Schon?"

Van Doorn: „Ja, ich fahre heute nach langer Zeit wieder nach Hause."

Sophie: „Ach ja, zu Ihrer Frau!"

Van Doorn: „Ja, genau!"

Er stand auf und rückte sich seine Uniform wieder gerade: „Majestät, das war ein unvergesslicher Moment!"

Sophie: „Ich werde darauf bestehen, dass wir den wiederholen!"

Van Doorn: „Unbedingt!"

Er verneigte sich und verließ die Küche.

Sophie blieb auf dem Küchentisch zurück und löffelte lustlos in dem Eisbecher herum, bis sie ihn zur Seite stellte und auf den Fußboden schaute, während sie mit den Beinen etwas wackelte. Da war sie wieder, diese Einsamkeit, obwohl tausende Menschen nur für ihr Wohlbefinden in diesem Gebäude da waren. Niemand allerdings interessierte es aber wirklich, was sie bewegte, außer vielleicht van Doorn, aber nein, der war ja nun los zu seiner Frau.

Sie saß noch einige lange Minuten auf dem Tisch, gerne hätte sie mal wieder die Nacht durch geplaudert oder nur herum gealbert, aber das hatte nicht sein sollen. Sie müsste jetzt auch langsam mal ins Bett gehen, der Terminkalender für den nächsten Morgen war voll, aber sie zog es vor, doch noch dort auf dem Küchentisch sitzen zu bleiben und zuzusehen, wie eine Träne nach der anderen auf ihren Stiefel fiel.

Van Doorn kam an seinem Haus an. Zu seiner Verwunderung war seine Frau nicht da, der Hausdiener teilte ihm mit, dass sie kurzfristig in den Urlaub gefahren sei.

Nach erster Verunsicherung machte sich aber ein Gefühl der Erleichterung breit, denn er liebte seine Frau schon lange nicht mehr, sie ihn auch nicht, da war er sicher. Er setzte sich in sein Kaminzimmer und nahm sich einen Whiskey. Die Kaiserin ging ihm nicht aus dem Kopf, sie ging ihm einfach nicht aus dem Kopf.

Kapitel 7

Der 17. Geburtstag

Einige Monate später. Es war kurz vor Sophies 17. Geburtstag. Viel war in der letzten Zeit passiert. Die Schulbücher wurden geändert, das ganze Reich war angehalten <Gott schütze die Kaiserin> zu sagen. Sophie hielt eine Rede an die Nation, welche in die ganze Galaxie übertragen wurde. Überall sah man eine starke, entschlossene Frau, in Uniform und mit strenger Frisur, die ankündigte, das Reich fest in der Hand zu halten. Jeden Tag kümmerte sie sich darum, den Militärapparat etwas mehr zu kontrollieren. Inzwischen gab es sogar einen direkten Schalter zu jedem Raumschiff, mit dem die Kaiserin sich auf die Brücke schalten konnte. In den letzten Monaten mussten einige hundert Offiziere ihren Hut nehmen, nicht alle hatten das überlebt.

Sophie freute sich dennoch auf ihren Geburtstag, schließlich würde sie nach so langer Zeit ihre Familie endlich wieder sehen und mal ganz sie selbst sein können. Es wurde extra im Schlosspark ein indischer Tempel errichtet, in dem sie und ihre Familie essen und feiern sollten und dem Oberhofkoch hatte sie für diesen Anlass eine besondere Menüfolge mitgeteilt. Dazu hatte sie auch all' ihre Tanten und Onkel eingeladen. Sie hatte so lange kein Familienfest mehr mitgemacht und jetzt sollte ihr Tag kommen. Um die 100 Diener waren damit beschäftigt, für zirka 40 Personen einzudecken. Ihr Vater mochte so gerne alte große Orchester, also ließ Sophie eines im Park aufstellen. Die Vorfreude war so groß, dass sie für einen Moment lang den Staat und ihre Rolle vergaß.

Nun war es soweit, der Tag ihres Geburtstages war gekommen. Sophie hatte alles noch einmal persönlich begutachtet und wartete nun auf die goldene Fähre, welche ihre Verwandten aus Wien abholen sollte. Heute trug sie seit langer Zeit mal keine Uniform, sondern ein hellblaues Sommerkleid und nur ganz wenig Schmuck.

Die Fähre kam angeflogen. Sophie beeilte sich, um ihre sehnsüchtig erwartete Familie abzuholen. Besonders freute sie sich auf ihren Vater.

Die Fähre setzte auf, aber es kam nur ein Kürassier heraus, welcher vor Sophie salutierte: „Majestät, Herr Keller hat mich angehalten, Ihnen dieses Infopad zu überreichen und

Ihnen auszurichten, dass keiner aus der Familie kommen wird!"

Er gab ihr das Pad, salutierte und ging.

Sophie war wie vom Schlag getroffen. Sie schaute minutenlang auf das Pad und wagte nicht, es zu öffnen. Schließlich drehte sie sich zu Oberst Sanchez um: „Alle sollen gehen, räumen Sie den Park, sollte doch irgendjemand von meiner Familie kommen, schicken Sie ihn nach Hause!"

Sanchez machte nur eine Handbewegung und alle Diener und Musiker gingen weg. Sophie schritt entschlossen in das Heckenlabyrinth und setzte sich auf eine Bank.

Sie öffnete das Infopad. Es enthielt eine Nachricht ihres Vaters: „Meine liebe Sophie, alles Gute zu Deinem 17. Geburtstag. Die Dinge in Deinem Leben entwickeln sich ja gut. Deine Mutter und ich wussten nicht, was man jemandem wie Dir schenken soll, Du hast ja alles. Wir werden Dich nicht mehr besuchen kommen, auch wenn diese Entscheidung für Dich jetzt hart ist, aber unsere Probleme, Dich als Tochter zu haben, sind zu viel für uns und ganz speziell für Deine Mutter. Sie ist wieder schwanger und ich möchte noch mehr Aufregung vermeiden. Wir haben viele unserer

Freunde verloren, die nicht fassen konnten, was für eine skrupellose und grausame Tochter wir groß gezogen haben. Wir selber können es nicht fassen, wenn wir die Berichte über Dich sehen oder lesen. Mama sagte, Du solltest was Anständiges machen und ich glaube, sie hatte Recht. Wir konzentrieren uns jetzt auf unser bald kommendes neues Kind und hoffentlich machen wir da alles richtig. Oma ist im April gestorben, wir haben Dich auf der Beerdigung vermisst, aber es hieß, dass Du da irgendwo im Weltraum unterwegs seist, um fremde Völker…naja was auch immer mit denen zu machen, ich mag nicht darüber nachdenken. Sicher feierst Du heute mit Deinen neuen Freunden, dem Kaiser, Deiner neuen adligen Familie und wir wünschen Dir viel Spaß mit Deinem neuen Leben.

Lebe wohl."

Sophie öffnete das Infopad ein zweites Mal, ein drittes Mal und ein viertes Mal. Sie war wie gelähmt, dann schaute sie hinüber auf den indischen Tempel, wo sich 40 Servietten im Wind wogten. Sie ging langsam dort hin und schaute sich um. Ihre neue Familie, ihre neuen Freunde. Das war ihr neues Leben. So sah das aus. Hier war niemand, nur der Wind. Sie nahm einen Löffel von einem der Gedecke und ging die Tafel entlang und schlug beim Vorbeigehen jeweils an eines der Gläser. Sie wollte am liebsten jetzt weinen, aber selbst das ging nicht. Die Enttäuschung war so dermaßen groß, dass sie sich nicht sicher war, was sie denn jetzt tun solle, weinen, schimpfen oder mit Major Hendriksen in irgendwas Löcher schießen? Sie nahm sich etwas von der Limonade aus der Kristallkaraffe und setzte sich an das Kopfende der Tafel.

Ein paar Schritte näherten sich, eigentlich hatte sie doch gesagt, dass alle verschwinden sollten, da hielt jemand ihr ein paar Blumen vor die Augen: „Hier sind Sie, Majestät!"

Sophie erkannt van Doorn: „Van Doorn? Nicht irgendwo im Weltraum?"

Van Doorn: „Sie haben Geburtstag, da kann ich doch nicht auf eine Mission!"

Sophie: „Danke, die sind schön! Ich stelle sie in eine Vase!"

Van Doorn: „Keine Diener hier?"

Sophie: „Ich wollte alleine sein, meine Familie hat mich versetzt!"

Van Doorn: „Hab ich schon gehört!"

Sophie: „Können Sie mir mal die Vase da anreichen und das Gestrüpp einfach dort ins Beet werfen?"

Van Doorn nahm die große Vase mit den 50 roten Baccara-Rosen vom Esstisch und warf sie ins Beet, um seinen kleinen Strauß dort hinein zu stellen.

Van Doorn: „Sehen in der Vase etwas verloren aus!"

Sophie: „Ach was, die sind wunderschön, immerhin das einzige Geschenk heute."

Van Doorn: „Nichts von ihrem Mann bekommen?"

Sophie: „Der ist gar nicht hier, der ist auf irgendeinem seiner Planeten! Ach doch, heute Morgen gab es eine Militärparade für mich, sehr schön, tolles Geschenk, ich durfte alle zwei Minuten salutieren und das bei der Hitze!"

Van Doorn: „Was würden Sie denn gerne machen?"

Sophie: „Ich weiß nicht, ich war auf meine Familie eingestellt, aber so, wie es aussieht, ist es wohl meine ehemalige Familie!"

Van Doorn: „Na, kommen Sie, wie wäre es mit Ausgehen?"

Sophie: „Ausgehen? Wohin? Disco? Danke, da war ich schon letzten Monat. Macht keinen Spaß mit 50 Leibgardisten, die jeden filzen, der Sie anspricht!"

Van Doorn: „Klingt nicht nach Spaß! Aber kommen Sie, es ist Ihr Geburtstag, da muss es doch etwas geben?!"

Sophie: „Hm, auch wenn es doof klingt, ich war noch nie in der Oper!"

Van Doorn: „Wir haben uns in der Oper kennen gelernt!"

Sophie: „Haha, nein, ich meine so richtig zu einer Vorstellung!"

Van Doorn: „Wieso dann nicht in die Oper heute Abend?"

Sophie: „Ja, danke, ich habe die ewigen, repräsentativen Veranstaltungen satt, da muss ich immer alleine hin!"

Van Doorn: „Ich würde Sie begleiten, wenn ich darf!"

Sophie: „Das würden Sie tun?"

Van Doorn: „Es wäre mir eine Ehre!"

Sophie: „Was läuft denn heute in der Wiener Oper?"

Van Doorn lacht: „Aber Majestät, Sie sind die Kaiserin, die Frage stellt sich nicht, was läuft, sondern, was Sie sehen wollen!"

Sophie: „Ach ja, ich bin die Kaiserin, stimmt ja! Ach wissen Sie was, wir fliegen jetzt nach Wien in die Oper, egal was läuft!"

Van Doorn: „Dann hole ich Sie hier um sieben Uhr ab! Gehen wir an Ihrem Geburtstag in die Oper!"

Sophie: „Abgemacht!"

Van Doorn ging und Sophie schaute eine Weile auf die leere Tafelrunde. Schließlich fasste sie einen Entschluss und ließ einen Boten zu ihren Eltern schicken, der sie für den Abend in die Wiener Oper einlud.

Am Abend wartete Van Doorn vor der goldenen Fähre im Innenhof des Palastes auf die Kaiserin. Er trug seine Ausgehuniform.

Sophie kam in einem engen, schwarzen, langen Kleid mit roter Schärpe, besonders hohen Schuhen, schwarzen langen Handschuhen und jeder Menge Diamantschmuck um die Ecke. Ihr Kollier, die Ohrringe, das Armband, alles glitzerte, in ihrer hochgesteckten Frisur hatte sie das passende Diadem im Haar.

Van Doorn: „Umwerfend!"

Sophie: „Danke, Generalkommandant!"

Beide stiegen in die Fähre und flogen nach Wien.

Dort angekommen, landete die Fähre direkt vor der Oper. Durch das Fenster sah sie schon ein Kontingent Leibgardisten, die am Eingang Spalier standen. Hektisch wurde ein roter Teppich ausgerollt. Sophie drehte sich zu van Doorn: "Wissen denn schon alle, dass ich in die Oper gehe?"

Van Doorn: „Majestät, Sie sind die Kaiserin!"

Sophie: „ JAJA!"

Die Tür öffnete sich und Sophie schritt heraus, über den roten Teppich, in die Oper. Als sie hier das letzte Mal entlang schritt, war das noch als Debütantin, jetzt, kaum ein Jahr später, war sie die wichtigste Person der Galaxie.

Sie ging in die Kaiserloge, ein übergroßer Balkon gegenüber der Bühne. Die Scheinwerfer waren auf die Loge gerichtet, Sophie schritt direkt zum Geländer.

„Ihre Majestät, die Kaiserin", hallte es durch die Oper. Mit einem lauten Getöse standen alle auf. Die Nationalhymne ertönte. Sophie blieb so lange in dem grellen Licht stehen, bis das Licht ausging und sich alle setzten.

Sophie saß allein auf dem großen Stuhl und schaute sich die Vorstellung „Figaros Hochzeit" an. Immer wieder versuchte sie, einen Blick zu erhaschen, ob ihre Eltern irgendwo zu sehen wären, aber das glückte ihr nicht. Sie rief van Doorn leise zu sich, welcher direkt hinter ihr saß, und fragte ihn, ob ihre Eltern wohl da wären und ob er da etwas wüsste. Van Doorn wusste allerdings, dass die Eltern nicht gekommen waren, sagte ihr das auch und setzte sich wieder hinter sie.

Sophie war jetzt in der Oper, aber auch irgendwie wieder allein. Die Einsamkeit kam durch. Sie sah unten Paare, die sich während der Vorstellung etwas zu tuschelten. Neben ihr saß niemand. Sie kam sich so verlassen vor, sie war in ihrer Heimatstadt und doch war sie allein.

Sophie hatte aber schnell gelernt, die Fassung zu bewahren.

Sie hatte beschlossen, dass sie während der Vorstellung gern van Doorn neben sich hätte, also drehte sie sich zu ihm um, um ihm zu sagen, dass er nach vorn rücken solle.

Kaum drehte sie sich um, stockte die Vorstellung und alles schaute zu ihr.

Van Doorn beugte sich zu ihr: „Majestät, stimmt etwas nicht mit dem Stück?"

Sophie schaute sich um, alle sahen sie an, auch die Sänger und Schauspieler. Die Comanlage in der Loge klingelte, ein Leigardist nahm ab und fragte dann Sophie: „Majestät, der Regisseur fragt, ob er weiter spielen oder abbrechen lassen soll!"

Sophie war verunsichert, während sie sich wieder umdrehte, sagte sie mit etwas resignierender Stimme: „Weiter!"

Die Vorstellung ging weiter und Sophie wurde wieder einmal klar, dass sie keine normale Person mehr war.

Nach der Vorstellung ließ Sophie erst alle gehen, bevor sie sich mit ihrem Tross aus der Oper bewegte.

Draußen an der Fähre sah sie van Doorn an: „Und was jetzt?"

Van Doorn: „Es ist Ihr Geburtstag!"

Sophie: „Dann möchte ich noch irgendwo spazieren gehen, an den Viktoriafällen! Geht das?"

Van Doorn guckte zum Piloten der Fähre: „Sie haben es gehört! Viktoriafälle!"

Die Fähre landete genau bei Sonnenaufgang direkt an den Viktoriafällen, im Süden Afrikas. Sophie stieg aus und sofort kam ein Offizier auf sie zu: "Majestät, das Gebiet ist weiträumig abgesperrt und gesichert!"

Sophie: „Ja danke! Kommen Sie van Doorn, wir gehen zu der Brücke und zählen die Regenbögen!"

Van Doorn: „Ja, gerne!"

Sophie zog ihre Schuhe aus und warf sie neben die Fähre: „Viel bequemer! Ziehen Sie ruhig ihre Uniformjacke aus, ist viel zu warm hier!"

Van Doorn: „Danke, Majestät, sehr umsichtig."

Sie öffnete ihre Haare und schüttelte den Kopf, dann raffte sie das lange Kleid zusammen und warf dem Leibgardeoffizier das Diadem zu.

Van Doorn hatte seine Jacke ausgezogen und über die Schulter gehängt. Sophie lief schnell zur Fähre zurück und holte eine Flasche Wasser, sie ging barfuß an van Doorn vorbei und sagte nur: „Die können wir brauchen!"

An der Brücke angekommen, lehnte sich Sophie über die Brüstung und atmete tief ein, dann drehte sie sich um und schaute van Doorn an: „Wissen Sie, was hier das Allerbeste ist? Hier ist niemand, nur wir! Ich könnte hier jetzt Stunden stehen und nur den Wind einatmen."

Van Doorn: „Und die herüber wehenden Wassertropfen!"

Sophie: „Seien Sie keine Memme, wir haben heute keine Protokolltermine mehr!

van Doorn: „Haben wir nicht?"

Sophie: „Nein, habe ich gerade beschlossen!"

Van Doorn: „Und Sie sind die Kaiserin!"

Sophie: „Ja, genau!"

Zwei Leibgardisten kamen und bauten in unmittelbarer Nähe einen Tisch mit weißer Decke, zwei Stühlen, einem Silberleuchter und richteten das Frühstück an. Einer ging zu Sophie und reichte ihr eine Sonnenbrille.

Sophie: „Danke, kommen Sie, frühstücken wir!"

Die Beiden setzten sich und aßen ein wenig, während sie auf das Donnern der Wasserfälle blickten.

Sophie: „Erzählen Sie mir von Ihrer Frau, was macht die so."

Van Doorn: „Hm, im Prinzip nur Geld ausgeben!"

Sophie: „Wie lange sind Sie verheiratet? Kinder?"

Van Doorn: „Vier Jahre und nein."

Sophie: „Wollen Sie noch welche?"

Van Doorn: „Ich nicht, Sie schon."

Sophie: „Keine Kinder? Wieso?"

Van Doorn: „Ich bin nie zu Hause, die hätten nichts von ihrem Papa!"

Sophie: „Dann müssten Sie sie mitnehmen."

Van Doorn: „Ja genau, in die Krisenregionen dieser Galaxie."

Sophie: „Ich hätte gerne Kinder."

Van Doorn: „Nun ja, eines müssen Sie ja auf jeden Fall bekommen!"

Sophie: „Ich weiß, das klappt auch noch irgendwann."

Beide schauten verträumt zum Wasserfall.

Van Doorn: „Was machen wir denn heute noch?"

Sophie: „Von mir aus können wir den ganzen Tag hier einfach sitzen bleiben!"

Sie lehnte sich zurück: „Oder haben Sie andere Pläne?"

Van Doorn: „Ich sollte heute eigentlich noch zur Kommandantur."

Sophie: „Was Wichtiges?"

Van Doorn: „Es geht nur um die Vorbereitung der Gespräche mit den Begoniern, eines unserer Nachbarvölker."

Sophie: „Und schon sprechen wir wieder über die Arbeit!"

Van Doorn: „Verzeihung!"

Sophie: „Was soll`s, dann harren wir hier noch ein paar Stunden aus und fliegen dann zurück."

Ein Leibgardist kam hinzu: „Generalkommandant van Doorn, die Verhandlungen mit

Souverän Engi von den Begoniern sind vor-verlegt worden. General Schneider wünscht Sie umgehend in der Kommandantur."

Van Doorn: „Ich bin hier aber mit der Kaiserin, weiß er das nicht?"

Sophie: „ Nein, ist schon gut, gehen Sie. Das Reich hat immer Vorrang!"

Van Doorn: „ Ungern, aber ich muss wohl!"

Er stand auf, gab Sophie einen Handkuss und ging.

Die Fähre hob ab und Sophie nahm die Hände hinter den Kopf: "Und wieder allein!"

Bis zur Abenddämmerung saß sie dort und starrte auf die Wasserfälle, erst dann machte sie sich auf den Weg nach Hause.

Kapitel 8

Alltag

Sophie ging schnellen Schrittes den Hauptkorridor entlang. Man sah ihr schon an, dass es heute vielleicht besser wäre, sie nicht anzusprechen. Sie trug in letzter Zeit nur noch Uniform, in ihren großartigen Kleidern sah man sie nicht mehr.

Auch das Abendessen mit dem Kaiser fiel aus, Sophie ließ jeden Abend im Grünen Salon ein üppiges Büffet aufbauen, von dem sie aß oder auch nicht.

Als sie vor fast zwei Jahren in den Palast kam, war sie oft fröhlich und unbeschwert. Jetzt sah man sie nur noch nachdenklich und schwer beschäftigt. Sie hatte sich im ganzen Reich den Ruf erarbeitet, besonders grausam und gnadenlos zu sein und das machte ihr sehr zu schaffen, sie wollte aber auch unter keinen Umständen, dass man ihr das anmerkte.

Sophie machte einen kleinen Schlenker in den Grünen Salon und nahm sich im Vorbeigehen ein kleines Bündel Weintrauben, welches sie langsam beim Weitergehen verspeiste. Zwischendurch warf sie einen Blick in den Spiegel, kontrollierte, ob ihr Make-up noch makellos war und ging wieder auf den Korridor. Früher lächelte sie immer kurz bei dem Blick in den Spiegel, aber auch das machte sie nicht mehr.

Major Hendriksen kam ihr entgegen: „Majestät, darf ich Sie kurz stören?"

Sophie: „Muss das sein?"

Hendriksen: „Es wäre doch schon wichtig!"

Sophie: „Das kann doch auch sicher Oberst Sanchez regeln."

Hendriksen: „Es geht um Frau Jacky!"

Sophie: „Ist sie denn immer noch in Arrest?"

Hendriksen: „Majestät, Sie hängt immer noch an der Wand und ich denke, es geht zu Ende!"

Sophie drückte die restlichen Weintrauben einem Leibgardisten, der am Rande stand, in die Hand: „Major, dann gehen wir hin!"

Hendriksen: „Majestät, es ist kein schöner Anblick!"

Sophie war etwas mulmig: „Gehen wir!"

Sie fuhren den Fahrstuhl hinab und stiegen im untersten Kerker aus. Die Oberfoltermeisterin Major Berger empfing sie: „Majestät, willkommen bei meiner Arbeitsstätte!"

Sophie: „Major, ich bin sicher, Sie leisten hier hervorragende Arbeit, wie konnte denn Jacky die ganze Zeit an der Wand überleben, so etwas hält doch kein Mensch so lange aus!"

Berger: „Da wir keinen gegenteiligen Befehl von Ihnen bekommen haben, haben wir lebensverlängernde Maßnahmen eingeleitet, die dafür sorgten, dass die FP bei Bewusstsein und am Leben bleibt, bis wir etwas anderes hören!"

Sophie schaute zu Hendriksen, der sah ihr fragendes Gesicht und antwortete gleich: „zu Folternde Person"

Sophie: „Ah, danke!"

Berger: „Ich denke aber, dass sie die Nacht nicht mehr schaffen wird, unsere Mittel sind aufgebraucht."

Sophie: „Ich will sie sehen!"

Berger: „Folgen Sie mir!"

Sie kamen zu der Wand, an der man Jacky, die immer noch nackt war, vor fast zwei Jahren in Ketten legte. Major Hendriksen reichte Sophie sofort ein Taschentuch.

Sophie: „Danke Major, mir kommen schon keine Tränen!"

Hendriksen: „Es ist gegen den Gestank der Wundfäulnis!"

Sophie sah an den Gelenken offene Stellen, dennoch ging sie tapfer zu Jacky.

Sophie: „Jacky, hörst du mich?"

Jacky hob leicht den Kopf, Sophie erkannte sie kaum, so schlecht war Jackys Zustand.

Jacky: „Sophie, verzeih mir!"

Sophie sagte gar nichts, verschränkte die Arme und drehte sich zu Berger, welche sofort reagierte: „Sollen wir einen Arzt holen?"

Hendriksen: „Sind Sie des Wahnsinns, diese Frau hat Hochverrat begangen!"

Sophie nickte mit dem Kopf: „Ja, das hat sie!"

Berger: „Also, kein Arzt."

Sophie drehte sich noch einmal zu Jacky um und verließ das Gefängnis in Richtung des Fahrstuhls. Auf dem Weg rief sie Major Berger zu: „Sagen Sie Bescheid, wenn es zu Ende ist!"

Berger zu Hendriksen: „Sie hat doch die Möglichkeit der Begnadigung?!"

Hendriksen: „Sie reden von Kaiserin Sophie. Schon mal erlebt, dass sie Milde walten lässt?"

Berger: „Sie haben Recht, diese Zeiten waren früher."

Oben angekommen, kam ihr Oberst Donkervoort entgegen: „Majestät, Generalkommandant Browning von der 18. Flotte fragt, wie er denn jetzt mit dem Aufstand auf Delta 6678 umgehen soll?!"

Sophie war sichtlich gereizt: „Er soll zusehen, dass da Ruhe einkehrt. Von mir aus kann er das ganze Volk einäschern!"

Sie ging weiter in den Thronsaal, schickte alle Wachen raus und setzte sich oben auf den Thron, schlug die Beine übereinander, verschränkte die Arme und hoffte, dass hier niemand vorbei kommen würde.

Stundenlang dachte sie nach. Sie konnte aber keine Lösung für ihre Lage finden, aber so konnte es nicht weiter gehen. Sie zerbrach sich den Kopf und je mehr sie nachdachte, umso frustrierter wurde sie. Ihre Einsamkeit konnte doch nicht so weiter gehen.

Schließlich sackte sie immer tiefer in den Thron ein und schmollte so lange, bis sie dort einschlief.

Stunden später wurde Sophie aus dem Schlaf gerissen, weil die Comanlage summte. Es war schon dunkel draußen und man hatte im Thronsaal das Licht gedimmt. Sie ging halb verschlafen an das Gerät: „Ja?"

Donkervoort: „Majestät, Generalkommandant Browning meldet Vollzug!"

Sophie: „Was tut der?"

Donkervoort: „Sie haben ihm befohlen, auf Delta 6678 für Ruhe zu sorgen und das hat er getan!"

Sophie: „Wie, was? Verzeihung, aber ich muss erstmal wach werden, er hat die Ruhe wieder hergestellt? Dann ist doch gut, wenn alle wieder friedlich sind!"

Donkervoort: „Aber Majestät haben doch befohlen, die Nation auszulöschen!"

Sophie: „Wie?"

Donkervoort: „Generalkommandant Brownings Flotte hat den Befehl nun in die Tat umgesetzt."

Sophie: „Ich lege auf!"

Jetzt war ihr wieder schlecht. Sie hatten ein Volk ausgelöscht, nur wegen einer Randbemerkung von ihr?

Kapitel 9

Des Kaisers Thronjubiläum

28. Mai - Thronjubiläum des Kaisers.

Alle wichtigen Personen des Reiches begaben sich nach St. Petersburg, in das Winterpalais, um das Jubiläum dort zu feiern.

Extra hierfür hatte man dem Kaiser eine neue Uniform anfertigen lassen, die er auch tatsächlich trug.

Der Tag startete mit dem Empfang aller Festungskommandanten, aller Flottenkapitäne, aller Ressortleiter, den Stabschefs, der Mitglieder der Generalkommandantenversammlung und der Generäle in der großen Halle. Jedem wurde persönlich die Hand geschüttelt. Maximilian und Sophie standen gesondert am Eingang und alle mussten an ihnen vorbei defilieren.

Maximilian machte heute einen außerordentlich vitalen Eindruck, teilweise ließ er sich auf ein Pläuschchen mit ein oder zwei Offizieren ein und lachte sogar ab und zu. Sophie freute sich für Maximilian, sie trug ein rotes, knielanges Kleid, ganz ohne Schärpe. Die Haare hatte sie kunstvoll zusammen gesteckt und sie trug den von ihr so geliebten Diamant-schmuck.

Während der Zeremonie mit dem ganzen Händeschütteln fiel ihr auf, dass es sehr lange her war, dass sie jemandem die Hand gegeben hatte, entweder wurde vor ihr salutiert oder sich verbeugt. Sie war erstaunt und auch er-schrocken, wie schnell man sich daran gewöh-nen kann, dass es keine körperliche Nähe ir-gendeiner Art gibt.

Aber nun kamen die Ressortleiter an ihr vor-bei, unter anderem der Flottenchef der 29. Flotte und Mitglied der Generalkommandan-tenversammlung, Generalkommandant von Seydlitz, der ihr nun die Aufwartung machte.

Er war zudem ein enger Freund von General-kommandant van Doorn.

Während er ihr die Hand schüttelte, fragte sie: „Generalkommandant, ich habe Ihren Kolle-gen, Generalkommandant van Doorn noch nicht gesehen, müsste er nicht als Chef der 23. Flotte vor Ihnen hier gewesen sein?"

v. Seydlitz: „Majestät, der Generalkomman-dant kann heute nicht kommen. Der Kaiser persönlich hat ihn wegen einer wichtigen Angelegenheit, die er nicht verschieben konnte, freigestellt!"

Sophie war enttäuscht und ärgerlich zugleich. Was konnte denn wichtiger sein als das hier? Außerdem hatte sie sich sehr auf van Doorn gefreut, er war bis eben ihr Tagesziel und nun war er nicht gekommen. Gute Miene zu bösem Spiel machen hieß jetzt die Devise.

Die großen Doppeltüren, acht an der Zahl, öffneten sich und man bat zum Mittagessen an langen großen Tafeln, an deren Kopfende Maximilian und Sophie mittig an einem langen Tisch saßen. Sophies rechter Tischnachbar war ausgerechnet General Williams, der es aber vermied, etwas zu sagen.

Sophie fiel auf, dass Maximilian ungewöhnlich viel Appetit hatte und zum Essen lediglich ein Wasser trank, sie konnte es aber nicht lassen und schielte immer wieder auf den einen leeren Stuhl bei den Ressortleitern, den leeren Stuhl von van Doorn. Insgeheim hoffte sie, dass er doch noch kommen würde, doch von Gang zu Gang blieb der Stuhl unbesetzt.

Nach dem Essen gab es Zigarren und Brandy oder man stand im Park zusammen und plauderte. Sophie stand allein mit einem Kristallglas voller Selters.

Sie hatte Kopfschmerzen und war auf der einen Seite froh, dass sie niemand ansprach, auf der anderen Seite sah sie, wie alle in kleinen Grüppchen vertraut miteinander sprachen, Scherze machten und lachten. Sie stand da allein und keiner traute sich zu ihr oder wollte das. Irgendwie kam ihr das vor wie auf dem Schulhof mit den Außenseitern. Naja, wer sollte auch mit ihr sprechen und warum.

Sie sah Generalkommandant von Seydlitz, zu dem sie sogleich ging. Sofort standen alle stramm.

Sophie: „Bleiben sie entspannt! Generalkommandant von Seydlitz, Sie haben mir aber noch nicht gesagt, warum Generalkommandant van Doorn heute nicht hier sein kann!"

v. Seydlitz: „Majestät, er ist bei Gericht, denn seine Scheidung wird heute verhandelt."

Sophie: „Scheidung?"

v. Seydlitz: „Ja, er und seine Frau lassen sich heute scheiden, das war schon lange überfällig!"

Sophie: „Oooohh, danke Generalkommandant"

Sie ging wieder. Jetzt war sie auf einmal ganz aufgeregt: ‚Geschieden! Van Doorn, das bedeutete, er wäre frei! Ach quatsch, was für Gedanken, das wäre doch Blödsinn oder vielleicht doch nicht?' Ihre Kopfschmerzen waren wie weggeblasen.

Nachmittag

Sophie und Maximilian gingen mit den Generälen und einigen wichtigen Offizieren auf den Balkon, der zum großen Vorplatz zeigte. Das Volk jubelte, die Nationalhymne ertönte. General Schneider gab ein Handzeichen und die Militärparade begann.

Sophie war kein Fan von solchen Veranstaltungen. Bei der Vorstellung, die nächsten vier Stunden hier stehen zu müssen und den vorbeiziehenden Soldaten zu huldigen, hatte sie jetzt schon keine Lust mehr. Sie schaute zu Maximilian, der guter Dinge war. Es tröstete sie, dass auch er die nächsten vier Stunden hier durchhalten musste.

Aber ein Gedanke ließ sie lächeln und diese Parade durchhalten, der Gedanke an Van Doorns Scheidung. Ihr wurde jetzt klar, dass sie wohl mehr für ihn empfand, als sie sich bisher eingestehen wollte.

In regelmäßigen Abständen donnerten Jäger über das Gelände. An diesen Lärm konnte sie sich nicht gewöhnen und heute würden noch 29 weitere Staffeln über sie hinweg fliegen, aber das war ihr egal, sie dachte immer wieder an die Scheidung.

Etwas später entdeckte sie eine schwarz gekleidete Frau, die auf der rechten Tribüne neben dem Balkon saß und Sophie unentwegt mit einem ernsten Gesicht ansah. Ihr schien die Parade egal zu sein, sie schaute nur zu Sophie.

Sophie winkte Sanchez heran: „Wer ist diese Frau dort in schwarz?"

Sanchez: „Das ist Mrs. Roberts."

Sophie: „Muss ich die kennen?"

Sanchez: „Nein, sie nicht, aber ihren verstorbenen Mann, Kapitän Roberts, den ehemaligen Kapitän der KENSINGTON, Sie haben ihn damals in den Tod geschickt!"

Sophie: „Oh ja, ich erinnere mich. Heißt das, sie macht mich jetzt für den Tod ihres Mannes verantwortlich?"

Sanchez: „Ja, aber das machen doch alle!"

Sophie: „Ich vergaß, ich bin ein Monster."

Sophie wurde etwas unbehaglich: „Sanchez, ich mag es nicht, so angestarrt zu werden."

Sanchez: „Ich regle das!"

Er ging und kurze Zeit später wurde Mrs. Roberts von zwei Koreanergardisten abgeführt. Maximilian bekam das mit, er schaute kurz zu Sophie und dann wieder auf die Parade.

Eine Gruppe kleiner Kinder in Pfadfinderuniform marschierte vorbei, die Blumen streute und winkte.

General Schneider. „Was für eine nette Idee!"

General Williams: „Ach ja, Kinder, da war doch noch was!"

Sophie drehte sich um und warf Williams einen bösen Blick zu, welcher sich ein schelmisches Grinsen nicht verkneifen konnte. Sophie dachte sich, dass dieser Williams langsam lästig wurde.

Maximilian: „Williams, nur Geduld!"

Williams: „Ja, mein Kaiser!"

Die Parade ging weiter, Sophie schaute auf die Uhr: ‚Was? Noch drei Stunden?!' Wieder donnerten Jäger über das Areal. ‚Was kommt da unten jetzt, Panzer, wie spannend!', dachte sie dabei.

Oberst Donkervoort kam und reichte ihr einen Zettel.

Sophie: „Was ist das?"

Donkervoort: „Eine Nachricht von Major Hendriksen!"

Sophie wurde ganz blass, sie ahnte, was das sein könnte und wollte den Zettel nicht öffnen, tat es dann aber doch ganz langsam.

<Jacky, 15:11 Uhr verstorben>

Sophie kniff die Augen ganz fest zu und atmete tief durch.

Donkervoort: „Brauchen Sie ein Glas Wasser?"

Sophe: „Bitte!"

Sie zerknüllte den Zettel und hielt ihn ganz fest, für den Rest der Zeit.

Die Parade näherte sich dem Ende. Die letzten waren die berittenen Einheiten der Kürassiere. Als diese vorbei waren, erschallte wieder die Nationalhymne. Danach stellte sich General Schneider vor ein Mikrophon und rief: „Es lebe der Kaiser!"

Die Menge rief: „Es lebe der Kaiser!"

Schneider: „ Gott schütze die Kaiserin!"

Die Menge: „Gott schütze die Kaiserin!"

Sophie verzog den Mund. Sie stand da wie ein ertapptes Kind, denn der Kaiser wusste noch nichts von der Änderung. Sie schluckte etwas und dachte nur ‚VERDAMMT!'.

Maximilian winkte in die Menge, drehte sich zu Sophie um und kam ganz nah. Dann flüsterte er ihr ins Ohr: „Ich wusste ja, Du schaffst das, mein Mädchen!" Dann ging er hinein und der Tross begleitete ihn. Sophie blieb noch stehen und lächelte befreit.

Sanchez: „Majestät, das Abendessen!"

Sophie: „Ich komme!"

Auf dem Weg stand General Williams: „Gott schütze die Kaiserin, dass ich nicht lache", murmelte er, so dass Sophie das hörte.

Sie drehte sich um und sprach direkt vor Williams Nase mit Sanchez, während Sie Williams durchdringend ins Gesicht sah: „Oberst Sanchez, gibt es auch eine Mrs. Williams?"

Sanchez: „Jawohl, Majestät!"

Sophie: „Wollen wir hoffen, dass ihr schwarz steht!"

Williams sagte nichts mehr, Sophie ging weiter.

Sanchez sagte zu Williams: „Bei allem Respekt, General, aber sind Sie denn irre?!"

Er ging Sophie Kopf schüttelnd hinterher.

Wochen später

Sophie spazierte gerne ausgiebig durch den Palast. Er war ja auch so groß, dass man sich dort sehr lange aufhalten konnte und sie kannte immer noch nicht alle Räume und Ecken. Sie war immer aufs Neue beeindruckt von den hohen Decken und den Deckenmalereien, jeder Teil des Schlosses sah anders aus und so ging sie oftmals stundenlang die endlosen Korridore entlang.

Das Jubiläum des Kaisers war nun schon einige Wochen her und Maximilian schien insgesamt besser zu Wege zu sein.

Sophie beschloss, heute einmal in den Westflügel zu gehen und Maximilian zu besuchen, schließlich war sie nur einmal in dem legendären Kaminzimmer gewesen, in dem sich Maximilian immer aufhielt.

Sie war heute natürlich in Uniform gekleidet, allerdings hatte sie die Uniformjacke offen und die Hände in den Hosentaschen.

Für heute standen keine offiziellen Termine an, also dachte sie sich, dass das mal so ginge.

Sie kam im Westflügel an und begab sich in Richtung des Kaminzimmers. Hier waren momentan nicht viele Wachen, zwei davon öffneten ihr allerdings sofort die große Doppelflügeltür, als Sophie vor dem Kaminzimmer stand. Sie zögerte etwas, ging dann aber hinein.

Doch dort war niemand. Sophie schaute sich um, aber selbst das Feuer im Kamin war aus. Sie ging zu der einen Wache: „Wo ist der Kaiser?"

Wache: „Majestät, der Kaiser ist bereits seit Wochen auf einem seiner Planeten zur Kur!

Sophie: „Warum weiß ich davon nichts?

Wache: „Verzeihung, aber das kann ich Ihnen nicht beantworten!"

Sie ging wieder auf den Flur und drückte auf einen Knopf von einer dort befindlichen Comanlage: „Wachkommandant vom Dienst!"

Kommandant: „Majestät!"

Sophie: „Wo befindet sich der Kaiser!"

Kommandant: „Majestät, das ist geheim!"

Sophie. „Was heißt hier geheim, ich will das jetzt wissen!"

Kommandant: „Auch wenn ich wollte, ich kann Ihnen das nicht sagen, das weiß immer nur sein Pilot!"

Sophie: „Das ist doch lächerlich, Sie wollen mir hier tatsächlich weiß machen, dass mir niemand beantworten kann, wo das Staatsoberhaupt ist?"

Kommandant: „So ist es, Majestät!"

Sophie verließ ohne ein weiteres Wort den Westflügel und begab sich in den Grünen Salon, um dort etwas zu essen. Sie war sauer.

Dort angekommen, saß General Williams auf einem der grünen Sofas.

Als Sophie herein kam, erhob er sich pflichtgemäß. Mit einer abfälligen Handbewegung machte sie ihm deutlich, dass er sich wieder setzen könne. Dann nahm sie einen Teller und schaufelte sich etwas von dem Kartoffelgratin darauf.

Williams: „Aber, aber, Majestät, nicht dass Sie zu viel essen und einen dicken Bauch bekommen, ach nein, einen dicken Bauch sollen Sie ja bekommen!"

Sophie hatte den alten General schon lange satt, aber auf seine Sticheleien wollte sie auch nicht reagieren. Stattdessen nahm sie sich eine Gabel und setzte sich neben ihn auf das Sofa, ganz nah. Sie fing dann an, bei jedem Biss den General sinnlich anzusehen, welcher etwas schluckte.

Sophie: „General, wollen Sie denn diesen Part des Kaisers übernehmen?!"

Williams stand auf und ging, nachdem er sich wortlos verbeugte. Auf dem Flur hörte man ihn noch fluchen.

Sophie grinste und aß in Ruhe weiter. ‚Schwachkopf', dachte sie sich.

Oberst Donkervoort kam vorbei. Sophie zog ihre Stiefel aus und machte es sich auf dem Sofa bequemer. Sie zeigte mit ihrer Gabel auf Donkervoort: „Sagen Sie, Donkervoort, ich müsste mal Oberst Sanchez sprechen!"

Donkervoort: „Majestät, der Oberst hat heute frei und ist zu Hause bei seiner Familie."

Sophie: „Sanchez hat Familie?"

Donkervoort: „Ja, zwei Töchter und eine bezaubernde Frau."

Sophie: „Wusste ich gar nicht. Haben Sie auch Familie?"

Donkervoort: „Ja, Majestät, einen Sohn und eine Tochter."

Sophie: „Ich weiß viel zu wenig über sie Beide und dabei verbringe ich mein ganzes Leben mit Ihnen!"

Donkervoort: „Privates gehört nicht in den Palast, Majestät!"

Sophie: „Danke, Sie können dann gehen!"

Privates gehört nicht in den Palast? Für sie schon, denn es gab ja nichts außerhalb. Dieser Satz beschäftigte und ärgerte sie zugleich.

Der Appetit war ihr wieder vergangen, naja so war es auch nicht so schwer, ihr Gewicht zu halten.

Sie sah auf dem antiken, runden Beistelltisch ein mobiles Comgerät liegen. Das könnte sie doch noch im Sitzen erreichen. Sie räkelte sich über das Sofa, um mit der Gabel das Gerät vom Tisch zu ergattern, dabei kam sie mit ihrem Oberteil in den Teller und hatte etwas Gratin auf dem Shirt. Mit langem Arm und ausgestreckter Gabel hatte sie das Gerät fast erreicht: „Ich krieg dich!"

Oberst Donkervoort kam im Flur vorbei und sah die Szene.

Donkervoort: „Soll ich helfen?"

Sophie: „Nein, geht schon!"

Er ging weiter und Sophie nahm das Comgerät, dann baute sie eine Verbindung zu van Doorn auf.

Der Generalkommandant stand auf einem Golfplatz und nahm das Gespräch an.

Van Doorn: „ Oh, Majestät, ich bin beglückt..."

Sophie: „Jaja, sparen Sie sich das! General-kommandant....äh, wieso tragen Sie denn keine Uniform?"

Van Doorn: „Ich habe heute frei!"

Sophie: „Oh, ich hoffe, ich störe nicht!"

Van Doorn: „Nein, Sie stören nie!"

Sophie: „Ich will Sie nicht lange aufhalten, wissen Sie, wo der Kaiser ist?"

Van Doorn: „Ich denke, er ist auf einem seiner Planeten."

Sophie: „Hm, van Doorn, General Williams nervt mich mit dem Erfüllen meiner ehelichen Pflichten, aber wenn der Kaiser weg ist, wie soll ich das denn machen?"

Van Doorn: „Wenn er wieder da ist."

Sophie: „Sehr witzig! Wann kommen Sie mal wieder vorbei?"

Van Doorn: „Geplant ist es für nächste Woche!"

Sophie: „Darauf freue ich mich!"

Van Doorn: „Ich mich auch, wir besprechen alles weitere dann! Majestät, was haben sie denn da auf der Brust?"

Sophie: „Kartoffelgratin! Lange Geschichte!"

Van Doorn: „Ich habe nichts gesehen!"

Sophie: „Wir sehen uns nächste Woche!"

Oberst Sanchez, der gerade mit van Doorn diese Partie Golf spielte, bekam das Gespräch mit.

Sanchez: „Läuft da was, was ich wissen sollte, Frederik?"

Van Doorn: „Nein!"

Sanchez: „Dann bin ich ja mal beruhigt!"

Van Doorn: „Kannst du auch!"

Sanchez: „Ich glaube, sie mag dich!"

Van Doorn schlug einen Ball ab: „Bewerte das nicht über!"

Sanchez: „NIEMALS!"

Im Palast.

Sophie saß immer noch auf dem Sofa und dachte sich: ‚Wieso haben eigentlich heute alle frei? Und wieso ich eigentlich nicht? Obwohl, ich kann doch frei haben, wann ich will, ich bin doch die Kaiserin. Ich könnte doch tatsächlich mal zu Opa fahren. Ach nein, der bekommt dann sicher einen Herzinfarkt bei dem ganzen Aufgebot an Leibgardisten. Doch zunächst sollte ich mich erst einmal umziehen gehen, das war ja eben peinlich mit dem Fleck und auch noch vor van Doorn.'

Dabei fiel ihr ein, dass der doch heute frei hatte und geschieden war er doch auch, sie könnte ihn doch auf dem Golfplatz besuchen und dann noch den Abend mit ihm verbringen. Ja, das war eine gute Idee. Schnell ging Sophie in ihre Gemächer, um sich umzuziehen. Nur was? Das kurze schwarze Kleid? Das gelbe oder lieber doch das grüne?

Hm, sie war sich unschlüssig, entschied sich dann aber doch für das grüne. Die Haare ließ sie offen.

Sie war fertig und ging in Richtung der Landeplattform im Innenhof des Palastes. Schnell hatte sie noch einen seidenen Schal umgeworfen.

Auf dem Weg dorthin nahm sie ihr mobiles Comgerät und rief den Piloten vom Dienst an, welcher sofort die kaiserliche Fähre kommen lassen sollte.

Diese landete kurze Zeit später und Oberst Donkervoort kam angelaufen: „Majestät, Sie haben in zwei Stunden einen Termin mit dem Earl of Canterbury!"

Sophie: „Sieht nicht so aus!"

Sie stieg in die Fähre und flog in Richtung des Golfplatzes in der Nähe von Barcelona.

Sanchez und van Doorn befanden sich am 17. Loch, da landete die goldene Fähre direkt auf dem Rasen.

Sanchez guckte zu van Doorn: „Ja, haben wir denn nie frei?"

Sophie stieg aus und ging auf die beiden verdutzten Spieler zu.

Sanchez: „Majestät, wir sind beglückt, Euch sehen zu dürfen!"

Sophie war völlig überrascht, auch Sanchez dort zu sehen: „Oberst Sanchez, gar nicht bei Ihrer Familie?"

Sanchez: „Der Generalkommandant und ich spielen immer an unseren freien Tagen eine Partie Golf zusammen, Majestät!"

Sophie: „Das wusste ich gar nicht, ich hoffe, ich störe nicht?!"

Sie sah die ganzen Golfer, die alle mit Spielen aufgehört hatten.

Sophie: „Oh, ich störe wohl doch!"

Sanchez: „Was können wir denn für Sie tun, Majestät?!"

Sie warf einen Blick zu van Doorn und machte den Mund auf, als wollte sie etwas sagen, schloss ihn dann wieder und wandte sich um.

Während des Zurückgehens zur Fähre rief sie: „Meine Herren, das kann auch bis morgen warten!"

Sie stieg ein und warf sich in einen der Sessel: „Man, war das peinlich!" und flog zurück in den Palast.

Sanchez und van Doorn schauten der startenden Fähre hinterher.

Sanchez ging zu seinem Ball, setzte seinen Schläger an: „Ich soll das also nicht überbewerten, soso!"

Van Doorn schaute noch eine Weile der Fähre hinterher und sagte nichts mehr.

Kapitel 10

Die
Versammlung

York, Hauptkommandantur des Reiches. Hier, in den beiden Zwillingstürmen, befand sich die Zentrale des Militärapparates. Ebenfalls hier war die Generalkommandantenversammlung untergebracht.

Heute war eine dieser Versammlungen. 80 der führenden Generalkommandanten trafen sich, um dort wichtige Belange des Reiches zu besprechen. Es war sozusagen das Parlament des Erdimperiums.

Normalerweise hatte einer der beiden Generäle rotierend den Vorsitz, aber durch das neue Kaiseringesetz, war auch Sophie nun berechtigt, diese Sitzungen zu leiten, was sie nun auch tun wollte.

In dem großen Tagungsraum von Turm 1 saßen alle 80 Generalkommandanten und warteten auf Kaiserin Sophie.

In Uniform und mit Paradestab trat sie ein, alle erhoben sich. Die Nationalhymne erschallte. Danach setzten sich alle wieder, nachdem Sophie sich gesetzt hatte.

Generalkommandant Scott ergriff das Wort: „ Majestät, herzlich willkommen bei der heutigen Generalkommandantenversammlung. Das Protokoll sieht vor, dass jeder der hier anwesenden Generalkommandanten einen Bericht über sein Ressort vorträgt."

Sophie: „Ich habe mich mit dem Prozedere vertraut gemacht, danke!"

Scott: „Ja gut, dann können wir ja beginnen, Generalkommandant Perkov, machen Sie bitte den Anfang!"

Perkov: „Gerne, die 12. Flotte unter meinem Kommando hat im Delta Sektor…"

Sophie hörte den Ausführungen aufmerksam zu, allerdings konnte sie sich nicht so ganz auf diese ganzen sachlichen Ausführungen konzentrieren, immer wieder schweiften ihre Gedanken ab und zu allem Übel saß auch noch van Doorn in der Runde. Sie wollte jetzt aber nicht zu auffällig zu ihm hin gucken. Während einer nach dem anderen von irgendwelchen Dingen erzählte, malte sie sich aus, wie schön es doch wäre, mal wieder in Opas Garten zu sein oder bei Tante Lilly in Brünn, aber da wurde sie auch schon aus ihrem Traum geweckt.

Scott: „Majestät, haben Sie irgendwelche Fragen?"

Sophie: „Nein, momentan nicht, fahren Sie fort!"

Scott: „Gerne, Generalkommandant Browning, Sie sind dran!"

Sophie: „Obwohl, ich unterbreche eben, wo befinden sich denn hier die sanitären Einrichtungen?"

Scott: „Durch diese Tür, rechts, Majestät!" Sie stand auf, alle standen auf und sie ging hinaus. Kaum war sie draußen, hörte sie es laut lachen im Tagungsraum. Lachten die etwa über sie?

Sie ging zu einem Computerpult. Der dortige Soldat schaute sie ängstlich an: „Zeigen Sie mir die Aufzeichnung der letzten fünf Minuten im Tagungsraum!"

Sie sah das Aufzeichnungsvideo. Einer der Generalkommandanten machte eine abfällige Handbewegung und sagte: „Schwache Konfirmandenblase die Kleine!"

Ein Anderer sagte: „Oder typische Frauenprobleme!"

Einige lachten laut. Der Erste der sagte dann wieder: „Was will die auch hier, ist kein Spielplatz!"

Sophie war sauer, diese eingebildeten Typen. Da waren zwar auch Frauen bei, aber die waren auch nicht besser. Na gut, das Maß war voll. Sie ging in Ruhe auf die Toilette und ließ sich viel Zeit. Dann ging sie langsam wieder in den Tagungsraum und setzte sich wortlos auf ihren Stuhl.

Scott: „Gut, wir können dann weiter machen..."

Sophie: „Stopp, nicht so schnell!"

Sie zeigte auf den Generalkommandanten, der sich eben noch über sie lustig gemacht hat.

Sophie: „Der da serviert uns jetzt erst einmal Kaffee!"

Scott: „Majestät, Kaffee steht hier doch überall auf den Tischen, außerdem sind hier überall Ordonnanzen, deren Aufgabe das ist."

Sophie: „Aber dieser Kerl da ist doch eine Ordonnanz und ich möchte, dass er mir jetzt Kaffee einschenkt."

Scott: „Das ist aber Generalkommandant Fisher von der 25. Festung!"

Sophie: „Gewesen! Jetzt ist er Ordonnanz und ich habe immer noch keinen Kaffee!"

Scott: „Verstehe! Fisher, raus hier, umziehen und Kaffee bringen!"

Sophie zeigte auf den zweiten: „Der da auch!"

Mit ihm wurde genauso verfahren. Im Tagungsraum wurde es still.

Sophie: „Meine Herren, meine Damen, legen Sie bitte ihre Dienstpistolen auf den Tisch vor sich!"

Die Generalkommandanten schauten sich verwundert an, taten dies aber.

Scott: „Majestät, ich verstehe nicht!"

Sophie: „Still!"

Sie lehnte sich zurück und sagte nichts. Eine ganze Zeit war es ruhig im Raum.

Die beiden ehemaligen Generalkommandanten kamen mit Ordonnanzjacken in den Tagungsraum und hatten große Kaffeekannen in der Hand.

Sophie: „Da sind sie ja! Jetzt gut aufpassen. Diese Herren werden uns jetzt Kaffee in unsere Tassen füllen. Verschüttet auch nur einer irgendeinen Tropfen auf die Untertasse oder sonstwo hin, dann dürfen Sie diesem Subjekt in die Beine schießen, so oft sie wollen. Meine

Herren Ordonnanzen, es warten 81 Tasse auf sie!"

Mit zittrigen Händen versuchten die beiden, die Tassen zu füllen.

Sophie: „Geht das nicht schneller? Ich will hier nicht den ganzen Tag sitzen!"

Ein Offizier kam herein und legte eine Pistole vor Sophie: „Die gewünschte Waffe, Majestät!"

Die beiden verschütteten vor Aufregung jede Menge Kaffee. Sophie nahm die Pistole und schaute sie sich genau an, ohne eine Miene zu verziehen.

Ein Schuss fiel, einer der Generalkommandanten schoss einer der Ordonnanzen tatsächlich in das linke Knie, welche dann umfiel.

Sophie: „Das hat aber gedauert! Kann mal irgendjemand diesen wimmernden Kerl entfernen?"

Man sah die Verunsicherung in den Augen der Offiziere. So viel Gefühlskälte hatte ihr keiner zugetraut.

Die Wachen trugen den Mann heraus.

Sophie zu Scott: „Das war lustig, nun haben wir alle Spaß gehabt und weiter!"

Die Sitzung ging weiter und Sophie fühlte sich elend, ließ sich aber nichts anmerken.

Nach der Sitzung brachen alle auf. Sophie versuchte noch, van Doorn zu sprechen, der hatte es aber eilig, in eine Fähre zu kommen, da wieder irgendwelche Verhandlungen anstanden.

Sophie wollte auch nicht zu auffällig hinter ihm her laufen, sie hatte die in ihren Augen peinliche Szene auf dem Golfplatz noch im Kopf.

Sie setzte sich in ihre Fähre und gab Befehl, nach Hause zu fliegen. Sie sank tief in ihren Sitz und starrte in Gedanken verloren auf den Boden.

Während des Fluges kam ein Gefühl in ihr hoch, dass sie so nicht kannte. Sie ließ die Szenerie von eben noch einmal durch ihren Kopf gehen. Sie erschrak bei dem Gedanken, dass sie so grausam gewesen war. Sollte das stimmen? War sie wirklich zu dem Monster geworden, für das sie alle hielten? Sie, die kleine, niedliche Sophie? Sie ordnete an, den Kurs zu ändern. Wien war jetzt das Ziel. Es waren ja noch Ferien und Opa müsste jetzt in seiner Gartenlaube sein.

Der Pilot gab zu bedenken, dass ein Besuch ohne Leibgardisten nicht ratsam wäre, Sophie bestand aber darauf.

Kurze Zeit später landete die goldene Fähre auf dem Areal der Gärten in einem Vorort von Wien.

Einige eilig herbei geschaffte Soldaten sicherten das Gelände weiträumig ab. Sophie stieg aus der Fähre und ließ ihre Uniformjacke liegen. Sie öffnete ihre Haare, steckte die Hände in die Hosentaschen und ging langsam und wehmütig den langen Heckengang zu Opas Garten entlang. Den Soldaten hatte sie befohlen, nicht zu folgen. Wie oft war sie schon früher mit Mama und Papa hier gewesen. Sie konnte es immer kaum erwarten und der Gang kam ihr damals immer endlos vor.

Nieselregen fiel leise und kribbelte auf ihrer Nase. Diese erkannte sofort den heimischen Geruch des Gartens, der Blumen und des kürzlich geschnittenen Rasens. Auf einmal wusste sie wieder mit dem Begriff Heimat wirklich etwas zu verbinden. Sie stand vor dem Tor, atmete tief durch. Quietschend öffnete sich die alte, leicht schief hängende Pforte und Sophie ging langsam, schüchternen Blickes, weiter. Mit heiserer Stimme rief sie: „Opa?"

Ihr Opa rief aus dem Haus: „Kinder, ihr könnt die Johannisbeeren gerne pflücken, habt ihr Schüsseln mit? Denkt dran, nicht zu lange, sonst werdet ihr krank bei dem Regen."

Sophie: „Nein, Opa, ich bin es, Sophie!"

Stille

Die Tür zur Laube öffnete sich und ihr Opa schaute verdutzt heraus. Den Blick nach unten gesenkt und mit ihren Rehaugen durch ihren Pony guckend, sagte sie ganz leise: „Hallo Opa, es sind doch Ferien."

Ihr Opa kam auf sie zu: „Sophie?! Ja, lass dich anschauen, Mensch, Kind, was machst du denn für Sachen?!"

Sophie lief langsam eine Träne die linke Wange herunter und seufzend antwortet sie: „Aber, Opa ... Ich bin doch die Kaiserin."

Opa: „Ja, Kind, das bist du. Komm erst mal rein, du holst dir ja den Tod, wieso hast du denn auch keine Jacke an, verdammtes Jung-volk. Passt denn da niemand auf dich auf?"

Sie gingen in die Laube und setzten sich an den alten Küchentisch. Ihr Opa stellte ihr einen Kaffee hin: „So, trink das!"

Sophie: „Danke!"

Opa: „Ja, Kleine, wie du da im Weltraum aufräumst, Respekt! Mit dir ist das wieder ein echtes Kaiserhaus. Ich habe ja noch den alten Kaiser Konrad gekannt, wie der mit den Außerirdischen umgegangen ist, das war noch was. Du brauchst Dich aber auch nicht zu verstecken, das sag ich dir. "

Sophie: „Aber Opa, da kann ich doch nichts ..."

Ihr fiel jetzt Jacky ein und wie sie gerade die gleichen Worte benutzen wollte. Egal, was sie jetzt sagen würde, man würde in ihr immer die harte Kaiserin sehen.

Opa: „Naja Kindchen, du machst das schon. Du hast ja auch noch viel Zeit, deinen Namen in die Geschichtsbücher einzuarbeiten. Bekommst du denn da auch genug zu essen? Behandelt man dich gut?"

Sophie: „Ha, ja ich werde gut behandelt, wenigstens von allen Leuten im Palast, was ich von meiner Familie nicht sagen kann."

Opa erwiderte mit einer erstaunten Miene: „Was hast du erwartet? Du bist jetzt kein normaler Bürger mehr, du bist jetzt in einer komplett anderen Welt. Du bist eine der Personen, um die sich diese Welt, ach was sag ich, die … Galaxie dreht!"

Sophie: „Aber ich bin doch auch immer noch die kleine Sophie!"

Opa: „Kind, eben das bist du nicht mehr! Das ist vorbei!"

Sophie: „Aber, ach ist auch egal."

Opa: „Nun lass mal den Kopf nicht hängen!"

Sophie: „Mama und Papa sind trotzdem ganz schön ungerecht zu mir!"

Opa: „Kleine, die haben viel ertragen müssen in letzter Zeit."

Er lehnte sich zurück: „Die ganzen Beerdigungen, dazu der Ärger mit ihren Freunden und Nachbarn, dann noch dies und das."

Sophie: „Die ganzen Beerdigungen?"

Opa: „Ja, Kindchen… Du hast Omas Beerdigung verpasst."

Sophie schaute nach unten und antwortete leise: „Ja … ich weiß."

Opa: „Du musst da sein, wo man es von Dir als Kaiserin verlangt. Ich mach' dir keinen Vorwurf, du lebst jetzt ja in einer schier anderen Welt, du musst das Reich führen!"

Sophie: „Muss ich wohl."

Opa: „Oma hat das nicht verstanden, sie war sehr unglücklich darüber. Ihre einzige Enkelin und dann verliert unsere Familie sie an die Militärs."

Sophie: „So ist das ja auch nicht, Opa."

Opa: „Nicht? Und wo warst Du denn auf den Beerdigungen deiner engsten Freunde, George und Jacky?"

Sophie erschrak: „Da, da war ich auch nicht."

Ihr wurde ganz übel, alle Welt dachte jetzt, dass ihr das vorherige, ihr altes Leben egal wäre und sie konnte Opa ja jetzt nicht die wahre Geschichte darüber erzählen.

Opa: „Geht's dir gut?"

Sophie: „Geht so, danke Opa."

Opa: „Wie lange willst du bleiben?"

Sophie: „ Ich weiß nicht, am liebsten will ich hier gar nicht weg."

Opa: „Das geht doch nicht, Kindchen. Du bist jetzt erwachsen und musst zurück in deine Welt, hier bist du jetzt fremd."

Sophie riss die Augen weit auf: „Wirfst Du mich raus?"

Opa: „Nein nein, bleib solange Du möchtest, nimmst Du ein paar Kirschen mit, wenn Du gehst?"

Sophie: „Ja, mach ich!"

Sophie ging in den Garten zu dem großen Kirschbaum und pflückte sich ein paar von den Süßkirschen, dabei kletterte sie sogar in den Baum. Während sie versuchte, die etwas entfernteren Äste zu erreichen, schoss ihr der Gedanke in den Kopf, dass sie als Führerin der Galaxie nicht in einem Kirschbaum herum klettern durfte. Sie ging mit einem halben Korb voll in die Küche zurück.

Opa: „Komisch, um diese Zeit besucht mich immer die kleine Lara, sie erinnert mich an dich früher, sie kommt in den Ferien jeden Tag und ist immer gerne in den Johannisbeeren."

Sophie: „Ja Opa, das ist meine Schuld, wenn ich irgendwo bin, darf niemand anderes da hin. Die Soldaten werden sie daran hindern, hier her zu kommen, wenn ich hier bin. Tut mir leid!"

Opa erschrak über den sehr resoluten Ton von Sophie. Sophie erschrak über das erschrockene Gesicht ihres Großvaters.

Sie schaute nach links und rechts, völlig verunsichert: „Ich, ich geh' dann jetzt wohl besser, nicht, dass Lara meinetwegen gar nicht mehr kommt."

Opa: „Seit Omas Tod ist die kleine Lara mein Ein und Alles!"

Diese Äußerung stach Sophie mitten ins Herz. Sie holte tief Luft und verabschiedete sich mit einem Küsschen auf die Wange, danach ging sie wortlos hinaus. Nun kam ihr der Weg zur Fähre endlos lang vor. Das Heimatgefühl entglitt ihr langsam. Zum Glück nieselte es weiterhin, so konnte man die Tränen in ihrem Gesicht für Regen halten. Einen Offizier, der ihr entgegenkam, fragte sie, ob sie ein kleines Mädchen nicht durchgelassen hätten. Dieser bejahte das. Sie ließ befehlen, es durchzulassen und sah tatsächlich ein kleines Mädchen zu ihrem Großvater rennen, welches dann schrie:

„Opa Keller, hast du gesehen, da ist die immer so böse Frau aus dem Fernsehen."

Sophie atmete tief durch, bestieg die Fähre und der Pilot fragte, wohin es gehen sollte.

Mit starrer Miene zog sie sich ihre Uniformjacke an, machte ihre Haare streng und zog sich die Lederhandschuhe ganz fest an. Dann schaute sie den Piloten mit kaltem Gesicht an: „Nach Hause!"

Der Pilot hatte sie noch nie so ernst gesehen und verschwand verunsichert im Cockpit.

Dann hob die Fähre ab.

Kapitel 11

Doch noch Glück?

Es war späte Nacht im Palast.

Generalkommandant van Doorn ging den langen Flur entlang und traf auf Oberst Sanchez: „Der Kaiser schläft schon!"

Van Doorn: „Also, wieder einmal umsonst hergekommen!"

Sanchez zuckte nur mit den Schultern und ging wieder.

Van Doorn zog sich seine Lederhandschuhe aus und schaute auf seine Armbanduhr: „Dann hab ich jetzt tatsächlich Feierabend!"

Er begab sich auf die Schlossparkterrasse und schaute in den Himmel. An einer Ecke der Terrasse saß Sophie auf den Stufen, die Ellenbogen auf die Knie gestützt, nur mit Stiefeln, Uniformhose und T-Shirt bekleidet.

Sie sah zu van Doorn hinüber: „Van Doorn, gesellen Sie sich zu meiner Einsamkeit!"

Van Doorn: „Oh, Majestät, verzeihen Sie, ich habe Sie gar nicht gesehen!"

Sophie schlug mit der Hand auf die Stufe neben sich: „Kommen Sie, setzen Sie sich neben mich!"

Van Doorn: „Aber Majestät, das wäre doch…“

Sophie: „Immer so korrekt, van Doorn. Hinsetzen!“

Er setzte sich, beide schauten in den sternenklaren Himmel. Einige Minuten sagte keiner etwas.

Sophie: „Schön, auch mal privat sein zu können, was?“

Van Doorn: „Ist viel zu selten!“

Sophie: „Möchten Sie eine Kirsche? Ist aus Opas Garten!“

Van Doorn: „Oh ja, gerne!“

Sophie: „Sind Sie wieder des Kaisers wegen hier?“

Van Doorn: „Ja, genau, aber wieder einmal umsonst!“

Sophie: „Wie wäre es denn, wenn Sie mal meinetwegen kommen würden?!“

Van Doorn: „Wenn Sie es wünschen!“

Sie lächelt kurz zu ihm hinüber: „Ja, wenn ich es wünsche! Aber auch mal, wenn ich es nicht wünsche?!“

Kurze Pause.

„Wissen Sie, van Doorn, ich bin jetzt bald zwei Jahre hier, nächste Woche werde ich 18. Wissen Sie, was andere Mädchen zu ihrem 18. Geburtstag machen?"

Van Doorn: „Sie sind aber kein anderes Mädchen, SIE sind die Kaiserin!"

Sophie: „Jaja, das höre ich ja immer wieder und wieder. Wissen Sie eigentlich, wem ich dieses Leben zu verdanken habe? Ihnen, mein Lieber. Ich müsste Ihnen jetzt böse sein, Sie haben mich um meine „18-Jahre-Teeny-Party" gebracht. Keine coolen Jungs, die mich beglückwünschen. Ich sollte Ihnen tatsächlich böse sein! Aber stattdessen freue ich mich sogar, dass Sie hier sind! Dank Ihres Charmes damals in Wien bin ich überhaupt hier. Ich sollte Sie verteufeln."

Van Doorn: „Aber, Majestät!"

Sophie: „Nein nein, ist schon gut! Ich hab' in den letzten zwei Jahren mehr durchgemacht, als man das in meinem Alter eigentlich sollte. Ich hab echt viel ertragen und jetzt schauen Sie, was aus mir geworden ist: ein Monster. Ich dachte, ich werde eine Traumprinzessin, eine Königin der Herzen, aber was bin ich stattdessen geworden? Was bloß? Die böse Frau aus dem Fernsehen!"

Van Doorn: „Um ein Reich dieser Größe zusammenzuhalten, muss man eben konsequent und energisch sein!"

Sophie erwiderte lachend: „Van Doorn, immer die richtigen Worte!"

Sie wurde gleich wieder ernster und legte ihren Kopf auf ihre Knie: „Und Sie können sich nicht vorstellen, wie einsam ich bin!"

Sie schaute zu ihm hinüber: „Wissen Sie, das ist jetzt nicht leicht, aber Sie sind der Einzige, der mir hier Kraft gibt. Jedes Mal, wenn es heißt, Sie kommen her, dann freue ich mich wahnsinnig, wenn Sie dann da sind, kribbelt es und ich bin ganz aufgeregt. Jedes Mal, wenn Sie dann gehen, kann ich es bis zum nächsten Mal kaum erwarten und ich bin nicht mehr gut gelaunt. Ich könnte hier jeden dieser Offiziere haben, da langt ein Fingerschnipsen, aber die sind mir alle egal. Sie allerdings nicht!"

Sie richtete sich wieder auf und wischte sich eine Träne aus dem linken Auge: „Ich weiß, du hast deine Frau verlassen, kannst du nicht zu mir kommen?"

Van Doorn: „Majestät, das kommt jetzt sehr unerwartet!"

Sophie: „Sophie heiße ich, lass diesen Majestät-Quatsch!"

Van Doorn: „Sophie, das geht nicht!"

Sophie: „Das geht nicht? Aber du liebst sie nicht mehr, sagt zumindest der Geheimdienst!"

Van Doorn: „Das stimmt sogar, dennoch geht es nicht!"

Sophie: „Natürlich geht das, ich bin die Kaiserin!"

Van Doorn lächelte: „Ist das ein Befehl?"

Sophie: „Nein, nein, nein, ich befehle schon so viel, aus freien Stücken würde ich es mir sehnlichst wünschen. Wir sollten fortgehen von hier, nur wir beide!"

Van Doorn: „Fortgehen? Aber wohin denn? Wer kennt dich denn in dieser Galaxie nicht? Die Kaiserin und der Chefdiplomat versuchen inkognito irgendwo zu leben, ist schon komisch!"

Sophie: „Irgendeinen Ort muss es geben!"

Van Doorn: „Und eben den gibt es nicht, außerdem wäre es…."

Sophie: „Was, unvernünftig? Ja, das wär es und gut so! Aber es ist wohl so, du magst mich dann also auch nicht. Wie peinlich, ich mache hier eine Liebeserklärung."

Van Doorn: „Das habe ich nicht gesagt, ich sagte nur, dass das nicht geht!"

Sie lehnte sich an seine Schulter, er legte den Arm um sie und beide schauten wieder in den Sternenhimmel.

Sophie: „Ich hab' das alles hier so satt, ich kann das alles nicht mehr ertragen."

Van Doorn: „Ich fürchte, das wirst du müssen, aus der Nummer kommst du so ohne Weiteres nicht mehr raus."

Sophie: „Hm, dann halt mich wenigstens noch etwas fest. Das letzte Mal, dass mich jemand in den Arm genommen hat, ist, ach, bestimmt zwei Jahre her, das tut so gut."

Van Doorn: „Und wenn uns einer sieht?"

Sophie. „Was dann? Wer soll das denn sein? Ein Leibgardist? Ein Offizier? Die lass ich erschießen!"

Van Doorn lachte: „Haha, ganz Ihre Majestät!"

Sophie boxte van Doorn leicht in die Seite: „Du bist gemein!"

Van Doorn: „Ich muss jetzt gehen!"

Sophie: „ Nein, nicht jetzt, wenigstens noch ein paar Minuten!"

Van Doorn: „Ich glaube, das ist nicht gut! Weinst du etwa?"

Sophie wischte sich eine Träne weg: „Nein", seufzte sie, „Was denkst du, ich bin die Kaiserin!"

Van Doorn stand auf, rückte sich seine Uniform zurecht und zog sich seine Handschuhe wieder an. Sophie legte den Kopf wieder auf die Knie: „Du gehst jetzt wirklich?"

Van Doorn: „Ja, ist besser!"

Sophie: „Na denn, magst du mich denn wenigstens ein bisschen?"

Van Doorn atmete tief ein: „Sogar viel mehr, als ich sollte, es vergeht kein Tag, an dem ich nicht an dich denke, du raubst mir den letzten Gedanken. Stehe ich auf, denke ich an dich, gehe ich schlafen, denke ich an dich! Damit muss ich klar kommen!"

Er ging in den Palast hinein, sobald er weg war, flossen wieder reichlich Tränen und Sophie weinte laut und hemmungslos.

Van Doorn ging den langen Flur entlang, nahm seine Handschuhe und pfefferte sie in eine Ecke, bog dann in Richtung Bar ab und genehmigte sich einen doppelten Whiskey. Er sagte dann leise zu sich: „Warum muss das so laufen, ich liebe diese Frau!"

Er schielte in Richtung Terrasse und überlegte, ob er zurückgehen sollte. Er war hin- und hergerissen, trank aus und ging wieder in den Flur, Richtung Terrasse. Er war entschlossen, jetzt dorthin zu gehen, die Konventionen waren ihm egal.

Ein Offizier kam ihm entgegen: „Sir, Ihre Fähre ist jetzt da!"

Oberst Sanchez kam um die Ecke: „Oh, van Doorn, noch da?"

Van Doorn: „Ja, hab' noch was getrunken, aber jetzt geht's heim, Leutnant, nach Ihnen zur Fähre!"

Mit Händen in den Hosentaschen schlenderte Sophie in Richtung ihres Quartiers, den Blick zu Boden gerichtet. Sie machte sich ein Zopfband in die Haare. Oberst Donkervoort kam ihr entgegen: „Majestät, gut, dass ich Sie noch treffe, ich hab' hier noch 150 Todesurteile, die unterzeichnet werden müssen!"

Man hörte das Starten einer Raumfähre. Sophie schaute nachdenklich hinterher.

Donkervoort: „Das ist Generalkommandant van Doorn, der uns gerade verlässt, Majestät!"

Sophie: „Ja ich weiß, ich hab ihn eben noch gesprochen. Also Oberst, her mit den Unterlagen, ich erledige das dann mal eben!"

Sie sah die Handschuhe auf dem Boden liegen.

Sophie: „Wem gehören denn die?"

Ein Leibgardist am Pfeiler: „Generalkommandant van Doorn, Majestät!"

Sophie: „Van Doorn vergisst seine Handschuhe??"

Donkervoort: „Das sieht ihm gar nicht ähnlich!"

Sophie bückte sich, hob sie auf und steckte sie in die Hosentasche.

Sie lächelte und dachte: ‚Mein Lieber, die bekommst du nicht so einfach zurück! Und ich werde Dich kriegen, du wirst schon sehen!'

Oberst Donkervoort schaute besorgt zu, wie Sophie lächelnd die Todesurteile unterschrieb.

Hauptpersonen

Sophie Keller/ Kaiserin Sophie:

16 jährige Schülerin, die durch Heirat die mächtigste Frau der   Galaxie wird

Generalkommandant van Doorn:

Chefdiplomat des Reiches und einziger Halt von Sophie

Oberst Sanchez:

Sophies persönlicher Adjutant

General Williams:

2. Oberbefehlshaber der Armee und Sophies Widersacher

Kaiser Maximilian II:

Sophies Mann

Gräfin du Bois:

Sophies Widersacherin

George:

Sophies Jugendfreund

Jacky:

Sophies beste Freundin

Oberst Donkervoort:

Sophies 2. persönlicher Adjutant

General Schneider:

1. Oberbefehlshaber der Armee

Major Hendriksen:

Sophies spezieller Leibgardeoffizier

Major Berger:

Oberfoltermeisterin

Kapitän Roberts:

Sophies Kritiker

Sophies Mutter:

Sophies Mutter

Sophies Vater:

Sophies Vater

Kapitän de Lors:

Nachfolger von Kapitän Roberts

Generalmajor von Bülow:

Reichsjustiziar

Generalkommandant Scott:

Geheimdienstchef

Generalkommandant von Seydlitz:

Freund von van Doorn

Sophies Opa:

Sophies Großvater

Über tredition

Der tredition Verlag wurde 2006 in Hamburg gegründet. Seitdem hat tredition Hunderte von Büchern veröffentlicht. Autoren können in wenigen
leichten Schritten print-Books, e-Books und audio-
Books publizieren. Der Verlag hat das Ziel, die
beste und fairste Veröffentlichungsmöglichkeit für
Autoren zu bieten.

tredition wurde mit der Erkenntnis gegründet,
dass nur etwa jedes 200. bei Verlagen eingereichte
Manuskript veröffentlicht wird. Dabei hat jedes
Buch seinen Markt, also seine Leser. tredition sorgt
dafür, dass für jedes Buch die Leserschaft auch
erreicht wird

Autoren können das einzigartige Literatur-
Netzwerk von tredition nutzen. Hier bieten zahlreiche Literatur-Partner (das sind Lektoren, Über-
setzer, Hörbuchsprecher und Illustratoren) ihre
Dienstleistung an, um Manuskripte zu verbessern
oder die Vielfalt zu erhöhen. Autoren vereinbaren

unabhängig von tredition mit Literatur-Partnern die Konditionen ihrer Zusammenarbeit und können gemeinsam am Erfolg des Buches partizipieren.

Das gesamte Verlagsprogramm von tredition ist bei allen stationären Buchhandlungen und Online-Buchhändlern wie z. B. Amazon erhältlich. e-Books stehen bei den führenden Online-Portalen (z. B. iBook-Store von Apple) zum Verkauf.

Seit 2009 bietet tredition sein Verlagskonzept auch als sogenanntes "White-Label" an. Das bedeutet, dass andere Personen oder Institutionen risikofrei und unkompliziert selbst zum Herausgeber von Büchern und Buchreihen unter eigener Marke werden können.

Mittlerweile zählen zahlreiche renommierte Unternehmen, Zeitschriften-, Zeitungs- und Buchverlage, Universitäten, Forschungseinrichtungen, Unternehmensberatungen zu den Kunden von tredition. Unter www.tredition-corporate.de bietet tredition vielfältige weitere Verlagsleistungen speziell für Geschäftskunden an.

tredition wurde mit mehreren Innovationspreisen ausgezeichnet, u. a. Webfuture Award und Innovationspreis der Buch-Digitale.

tredition ist Mitglied im Börsenverein des Deutschen Buchhandels.

Zeitfracht Medien GmbH
Ferdinand-Jühlke-Straße 7
99095 Erfurt, Deutschland
produktsicherheit@kolibri360.de